Giulia Beyman

UN CUORE NELL'OSCURITÀ

Romanzo

"Quando diventa più difficile soffrire che cambiare…
cambierai."

(Anthony De Mello)

CAPITOLO 1

25 ottobre

Una bambina da sola andò

e mai a casa ritornò...

Aveva inventato quella filastrocca per punirsi di essere stata tanto ingenua, ma ormai non riusciva più a togliersela dalla testa.

Stupida! Stupida! Stupida!

Emily prese dal pavimento un vecchio tappo di bottiglia, di quelli in alluminio, rimasto lì da chissà quanto tempo, e lo premette forte sull'avambraccio. Tracciò una lunga linea rossa, che lacerò la pelle, e non si fermò davanti al sangue. Quel dolore era sempre meglio della cappa scura che imprigionava i suoi pensieri.

Il buio dello scantinato era appena sfumato dalla luce pallida di una debole lampadina. Frank non voleva che la tenesse accesa a lungo. E ogni tanto, quando si arrabbiava, la svitava e gliela portava via.

Le mancava la luce del sole. Le mancavano il buon odore della biancheria pulita, la cioccolata che ogni tanto le veniva permesso di comprare al *Chilmark Chocolates*, i marshmallow, il bagno caldo la sera.

Le mancava la sua casa.

Essere costretta in quello spazio buio e angusto era un tormento. Non sapeva più che giorno fosse, né da quanto Frank la tenesse rinchiusa lì dentro.

Una bambina da sola andò
e mai a casa ritornò.
Niente più sole, amici e giochi
dopo che inseguì l'illusione dei fuochi.

La sua vita da bambina era finita il 4 luglio.

Era felice quel giorno; la settimana prima suo padre le aveva promesso che l'avrebbe portata a Edgartown a vedere la Parata e lei sperava che si sarebbero fermati anche per i fuochi artificiali. Lui sapeva quanto li amasse.

Però poi si era dimenticato del loro appuntamento.

Non era la prima volta che succedeva – suo padre aveva sempre così tanto da lavorare – ma stavolta aveva deciso di andare da sola, senza dire niente a nessuno.

Ormai aveva dieci anni e sarebbe stata in grado di cavarsela.

Mai e poi mai avrebbe immaginato come sarebbe cambiata la sua vita nel giro di poche ore.

Alla fermata dell'autobus aveva incontrato Frank, che le aveva proposto di accompagnarla. Le aveva detto che a Edgartown avrebbero incontrato anche Stephanie e che lui avrebbe offerto lo zucchero filato a tutte e due.

Che stupida era stata a fidarsi!

Perché Frank non l'aveva mai portata alla Parata.

Stringendosi nel vecchio maglione di lana, Emily pensò che faceva sempre più freddo e che l'estate doveva essere finita da tempo.

Quando gli aveva detto di aver bisogno di vestiti più pesanti, Frank si era arrabbiato.

«Cosa credi? Che i soldi li vado a rubare?» le aveva urlato in faccia.

E di certo non voleva correre il rischio che qualcuno

lo riconoscesse – aveva aggiunto poi – e si chiedesse per chi fossero le cose che comprava.

Forse per questo le aveva preso un maglione da ragazzo e pantaloni troppo grandi, che doveva stringere con la cintura. Perché nessuno sospettasse che aveva una bambina in casa.

Quando glieli aveva portati, Frank aveva preteso che lo ringraziasse con un sorriso e un abbraccio. E lei aveva dovuto farlo, anche se lo odiava con tutte le sue forze.

Devi smetterla di pensare a lui come Frank! Altrimenti te la farà pagare.

Aveva ancora i segni delle sigarette che le aveva spento sulle braccia perché non dimenticasse come doveva comportarsi.

Frank si compiaceva del terrore che le leggeva negli occhi e questo rendeva la sua disperazione ancora più inutile.

Perché aveva creduto alle sue parole e lo aveva seguito? Perché?!

Voleva punire suo padre per le promesse non mantenute e si era fidata di Frank solo perché qualche volta l'aveva visto mentre si occupava del giardino di Stephanie...

Stupida! Stupida! Stupida!

Per giorni e giorni, all'inizio, aveva sperato che suo padre sarebbe riuscito a trovarla e l'avrebbe portata via da quell'incubo. Ma non era successo.

«Un pezzo grosso come David Parker, che non fa niente per salvare la sua bambina...»

Frank aveva un orribile ghigno sul viso mentre si prendeva gioco di lei.

La faceva piangere e poi le carezzava il viso con le sue mani callose, che le irritavano la pelle. «Non disperarti, bambolina. Sono qui con te, e io non ti lascerò sola.»

In quei momenti Emily doveva trattenere il disgusto che le strizzava lo stomaco.

La verità era che Frank era un uomo cattivo e tutto quello che poteva fare era cercare di non contrariarlo.

Forse doveva persino augurarsi che continuasse a considerarla la sua *bambolina*.

Non voleva chiedersi che fine avesse fatto April.

Senza tante spiegazioni, un giorno Frank l'aveva portata nello scantinato e aveva buttato qualche vecchia coperta in un angolo, perché potesse dormirci.

Era arrabbiata, April. Tanto arrabbiata, perché Frank l'aveva portata via dalla sua famiglia. E non voleva occuparsi delle faccende di casa che lui le assegnava.

«Mio padre ti troverà e ti farà pentire di quello che hai fatto» gridava.

Poi una mattina si era svegliata e April non c'era più.

Frank non le aveva dato nessuna spiegazione e lei aveva avuto paura di farlo arrabbiare con le sue domande.

Aveva cercato di convincersi che, stanco delle sue lamentele, Frank avesse liberato April, per permetterle di tornare a casa. Ci aveva provato con tutte le sue forze. Perché se era successo ad April, prima o poi sarebbe toccato anche a lei.

Ma il tempo per pensare, in quel maledetto scantinato, era troppo e l'illusione non era durata a lungo.

Perché mai Frank avrebbe dovuto liberarla, visto che April avrebbe raccontato a tutti che uomo malvagio era?

L'aveva uccisa. Non poteva essere andata in un altro modo. E avrebbe fatto lo stesso con lei se non fosse stata abbastanza servizievole.

In poche settimane – dopo che Frank l'aveva rapita – Emily aveva imparato a cucinare, a pulire, a stirare, a fare il bucato e a preparare il caffè. E aveva capito che non sarebbe mai riuscita a scappare da lì.

Quando la faceva salire al piano di sopra, Frank serrava le imposte, chiudeva tutte le serrature e teneva le chiavi in tasca, perché lei non si facesse strane idee.

Le stanze al piano di sopra non erano molto migliori dello scantinato in cui era costretta a stare ed Emily continuava a chiedersi come fosse possibile vivere in tanto squallore. Stava attenta, però, a non far trapelare il suo ribrezzo.

April lo aveva fatto arrabbiare e Frank se ne era liberato. Perché mai non avrebbe dovuto fare lo stesso con lei, quando avrebbe smesso di considerarla la sua *bambolina*?

CAPITOLO 2

Era ormai quasi l'ora del tramonto quando Nora decise di fare una passeggiata lungo quella parte di spiaggia che si affacciava sul Vineyard Sound.

Il cielo era di un vinaccia così intenso da sembrare frutto dell'ardimento di qualche pittore e il profumo salmastro che arrivava dall'Oceano le inondò le narici e il cuore.

Era stata una giornata di lavoro pesante, fatta di disguidi, ritardi e appuntamenti saltati all'ultimo minuto. Tutto quello che voleva era scrollarsi di dosso la tensione accumulata.

Così continuò a camminare, godendo di quel momento, senza accorgersi del tempo che passava, finché un'inspiegabile urgenza non la costrinse a fermarsi e solo allora si rese conto di aver quasi raggiunto la punta estrema di Herring Creek Beach.

Non avrebbe saputo dire di cosa si trattasse. Forse era solo stanca per il lungo tratto percorso a piedi; il suo cottage ormai non era che un punto lontano alle sue spalle.

Si sarebbe concessa qualche minuto di riposo e poi sarebbe tornata indietro. Non voleva che il buio la sorprendesse ancora sulla spiaggia.

Rimase a contemplare il mare e nel movimento ipnotico delle onde, all'improvviso, Nora percepì come un'energia che montava. Vide i flutti gonfiarsi di spuma e infrangersi vigorosi contro gli scogli, mentre lo sbuffare del vento cresceva d'intensità.

Realtà e immaginazione.

Cos'era vero e cosa non lo era?

Nora socchiuse gli occhi e dietro le palpebre chiuse si materializzò l'immagine di *Miranda e la Tempesta* di John William Waterhouse.

Poteva focalizzare ogni dettaglio, ogni sfumatura di colore, ogni variazione di luce di quel quadro. Ma non erano altro da lei. Erano lei.

Era lei Miranda che scrutava l'orizzonte. Erano suoi gli occhi catturati dai flutti e i capelli rossi agitati dal vento. Poteva persino sentire il fruscio delle lunghe vesti sferzate dalla tempesta.

Più di ogni altra cosa, avvertì l'ansia che montava tra i suoi pensieri. E lo sgomento.

La percezione, chiara, di un pericolo imminente.

Ma non c'erano imbarcazioni in difficoltà, in quella parte dell'orizzonte che continuava a scrutare, né tantomeno marinai bisognosi di aiuto.

Con un maltempo così, nessuno sarebbe stato tanto avventato da sfidare l'oceano.

Non era un dipinto. Quella era vita vera.

E allora?

Nora inspirò ed espirò lentamente, e continuò a farlo finché il vento non si ridimensionò e lo stesso fece il fragore delle onde.

L'ansia si stava sciogliendo. E lei non era più Miranda sopraffatta dalla tempesta.

Ritrovò il profilo della punta di Herring Creek Beach e

i colori del tramonto, ma le rimase addosso come un senso di estraneità.

Non sapeva cosa fosse successo e decise di non porsi altre domande. Da quando aveva scoperto il suo *dono*, aveva imparato i tempi dell'attesa.

Forse non era ancora arrivato il momento, ma avrebbe capito.

E allora tornò con lo sguardo al paesaggio.

L'estate era ormai solo un ricordo. Sfumature arancio e zafferano avevano preso il sopravvento e donavano alla natura nuove luci e nuovi colori.

Voleva smettere di pensare a ciò che era successo pochi attimi prima e tornare alle buone sensazioni di quella passeggiata sulla spiaggia.

Era il suo autunno, il momento di lasciare andare foglie e rami secchi. Era il tempo del camino acceso, dei maglioni profumati di lavanda, delle tazze di cioccolata calda, del vino rosso nei bicchieri, delle zucche nei vivai, del piacere di stare in casa.

Lo squillo del cellulare interruppe quell'atmosfera, ma Nora sorrise felice nel vedere, sul display, di chi si trattava.

«Come stai, Steve?»

«Tra pochi minuti comincerò una riunione fiume con i miei collaboratori e avevo voglia di sentirti.»

«Sono contenta che quando siamo lontani hai ancora voglia di sentirmi» scherzò Nora.

«Qualche dubbio?»

«No. Ma non do niente per scontato. Rispetto troppo il nostro matrimonio per farlo.»

Immaginò che Steve stesse sorridendo. O meglio, lo intuì dal tono della sua voce.

«Come vanno le cose a The Vineyard?»

«Si è rotto il cancelletto di legno che dà sulla spiaggia.»

«Deduco che c'è bisogno di me.»

«La cassetta degli attrezzi è già pronta.»

Era il loro gioco. Uno dei tanti modi che avevano per dirsi che la vita da soli andava bene, ma non era così perfetta come quando erano insieme.

«Anche Dante ti aspetta con impazienza» aggiunse Nora un attimo dopo.

Sapeva già che il suo gattone fulvo avrebbe accolto Steve facendo le fusa, che lei avrebbe cucinato uno dei suoi piatti preferiti e che gli avrebbe regalato il vecchio Lp di Art Blakey che Steve desiderava da tempo.

Erano sposati da quasi un anno, ma la loro era ancora una luna di miele.

L'amore getta le fondamenta di un buon matrimonio, ma per un'unione duratura bisogna continuare a scegliersi ogni giorno, pensò Nora.

Mentre chiudeva la telefonata, fu sorpresa di vedere che alcune finestre di *Promises House* erano illuminate.

La casa, che dominava il promontorio, era stata chiusa alla fine di luglio, dopo la morte della piccola Emily. E stando a quello che aveva letto sui giornali, David Parker avrebbe dovuto essere a Parigi per la preparazione del nuovo film che doveva produrre.

Al pensiero di quello che era successo alla piccola Emily, un brivido le attraversò la schiena e Nora si strinse nel suo giaccone di lana.

Decise di tornare indietro, prima che facesse buio, e mentre già si allontanava gettò un ultimo sguardo a *Promises House.*

Quella casa era una delle più belle di tutta l'isola ma, nonostante il nome, non aveva portato fortuna al proprietario e alla sua famiglia.

CAPITOLO 3

Da quando Rose, l'anziana domestica che da quasi trent'anni aveva il non facile compito di semplificargli la vita, aveva finito di sistemare le sue valigie in camera da letto, David Parker non aveva smesso di chiedersi se tornare a Martha's Vineyard fosse stata una buona idea.

La telefonata con cui la *Hel-Hay* Production gli aveva annunciato di aver deciso di rinunciare alla co-produzione del nuovo film ancora gli bruciava.

Mancavano un paio di settimane all'inizio delle riprese e – come un fulmine a ciel sereno – l'accordo era saltato.

Che la voce dei suoi problemi economici avesse cominciato a girare nell'ambiente? Se fosse stato così, avrebbe dovuto correre al più presto ai ripari e coprire la verità con qualche menzogna credibile.

«Se scoprono che hai problemi di soldi o di salute, ci mettono un attimo a farti fuori» gli ripeteva sempre Mark Harris, uno dei produttori storici di Hollywood. Era stato lui, all'inizio della sua carriera, a insegnargli quasi tutto quello che sapeva.

Aveva cominciato a lavorare con Mark Harris come segretario di edizione, ma nel giro di una decina d'anni era diventato il Re Mida del cinema americano.

I film che aveva prodotto erano sempre ai primi posti nelle classifiche del botteghino. Poi aveva collezionato due fiaschi, uno dopo l'altro. Milioni di dollari andati in fumo. Ed era stato l'inizio del declino.

Sperava che il nuovo copione di *Amarti per sempre* sarebbe riuscito a risollevare le sorti della sua casa di produzione. Ma le cose non stavano andando come avrebbe voluto.

Quando gli era arrivata la telefonata della *Hel-Hay* Production, d'istinto aveva deciso di rifugiarsi a Martha's Vineyard. Presto i giornalisti l'avrebbero assediato per sapere come mai i suoi partner finanziari si fossero tirati indietro; gli attori e le maestranze avrebbero preteso che rispettasse i termini dei loro contratti; le banche si sarebbero insospettite e avrebbero chiesto nuove garanzie.

Aveva bisogno di tempo per riflettere e capire come evitare la bancarotta. Non voleva che qualcuno gli facesse domande a cui non era ancora in grado di rispondere.

Raggiunse il mobile bar e fu contento di trovarvi una bottiglia del suo whisky preferito. Si riempì il bicchiere, sperando che questo l'avrebbe fatto sentire meglio.

Forse non aveva più l'intuito che lo aveva reso uno dei produttori più famosi di Hollywood. I creditori gli stavano con il fiato sul collo e, se non avesse trovato una soluzione, avrebbe dovuto cedere una bella fetta delle sue azioni al suo socio, Henry Baker, che non vedeva l'ora di impadronirsi di tutto e di metterlo alla porta.

David Parker si soffermò davanti alla finestra e il suo sguardo cadde sulla piscina, che come ogni anno, a fine stagione, il manutentore si era occupato di ricoprire con il telo protettivo.

Papà, perché non vieni a fare il bagno con me?

Il ricordo della voce di Emily fu un'emozione

improvvisa alla quale non era preparato.

Spesso, quando lo vedeva alla finestra dello studio, sua figlia gli chiedeva di raggiungerla in piscina, per stare un po' con lei. Ma quante, quante volte le aveva risposto che non aveva tempo, che aveva da fare?

Da che ricordava, non c'era stata estate a *Promises House* in cui non si fosse portato dietro un'imponente mole di lavoro da svolgere e uno stuolo di collaboratori.

Era questa la sua idea di vacanza.

Ed era stato lo stesso anche dopo che Vanessa era morta.

Quando erano rimasti soli, si era solo preoccupato di trovare una brava baby-sitter che si occupasse di Emily. Aveva pagato tanto per avere il meglio per la sua bambina.

Doveva forse sentirsi in colpa perché non aveva abbastanza tempo per giocare con sua figlia?

Lui non era un semplice impiegato che poteva dimenticarsi tutto quando finiva l'orario di lavoro. Qualche volta aveva anche cercato di spiegarlo a Emily, e gli era sembrato che lei avesse capito.

In fondo era grazie ai soldi che guadagnava che poteva mandarla nella migliore scuola di Los Angeles, che vivevano in uno dei quartieri più esclusivi della città e che poteva comprarle tutto ciò che desiderava.

Emily annuiva seria a quei suoi discorsi. E questo bastava a farlo sentire meglio.

Si sarebbe comportato diversamente, se avesse saputo che avrebbe perso anche lei?

David tornò al mobile bar per versarsi dell'altro whisky. Si rammaricò che ce ne fosse una quantità sufficiente solo per riempire un altro bicchiere e non fu piacevole rammentare come mai la sua scorta di alcolici fosse così ridotta.

Aveva deciso di andarsene via da Los Angeles per non affrontare la stampa e i creditori, ma non aveva fatto i conti con i ricordi.

Papà, perché non vieni a fare il bagno con me?

La voce di Emily era cristallina, e fiduciosa.

Quante maledette volte le aveva chiesto di non disturbarlo mentre lavorava!

Dio lo aveva punito per non essere stato un padre attento e amorevole?

A ripensarci bene, negli ultimi mesi lo sguardo di sua figlia si era riempito della stessa delusione che, nel corso degli anni, aveva imparato a riconoscere negli occhi di sua moglie. Come Vanessa, anche Emily aveva capito che non c'era molto che potesse aspettarsi da lui?

David bevve un lungo sorso di whisky e finalmente gli sembrò di cominciare a sentirsi meglio.

Avrebbe tenuto a bada i ricordi e si sarebbe dedicato ad altro.

Emily non c'era più e per quanto si fosse tormentato per averla persa, non c'era modo di riportarla indietro.

I suoi genitori non lo avevano cresciuto a pane e sentimenti. Suo padre lo aveva sempre considerato un incapace, ma gli aveva dimostrato che era in grado di farcela, anche senza il suo aiuto.

Aveva già fatto tanto allenamento in passato. Avrebbe tenuto alla larga nemici, dubbi e sensi di colpa. E questo gli avrebbe permesso di andare avanti, nonostante tutto.

CAPITOLO 4

Da una buona mezz'ora Frank Carson se ne stava nel piccolo e malandato portico davanti casa, incurante del vento freddo che gli sferzava il viso e le mani. Teneva gli occhi incollati al binocolo, e quello che vedeva non gli piaceva affatto.

E così il signor Parker è tornato nella sua splendida casa a The Vineyard!

Rientrando dal lavoro, si era accorto delle luci alle finestre di *Promises House* e la novità lo aveva messo di malumore.

Che ci faceva lì il padre di Emily? Secondo i giornali avrebbe dovuto trovarsi in Francia per l'imminente ciak del suo nuovo film.

Frank aspirò una boccata di fumo dalla sigaretta che gli penzolava dalle labbra e il bruciore gli arrivò dritto ai polmoni. Nemmeno provò a dirsi che prima o poi avrebbe dovuto smettere. Se lo era riproposto già troppe volte, senza risultati.

Tornò a concentrarsi sul binocolo e sull'unico spettacolo, lì intorno, che lo interessava.

La vegetazione sulla punta di Herring Creek era brulla e desolata, ma si interrompeva, un paio di chilometri più in là, per lasciare posto al giardino lussureggiante di *Promises House*.

La costruzione si ergeva superba su quella parte del Lago Tashmoo che si affacciava sul Vineyard Sound. Forse era la casa più bella di tutta Martha's Vineyard. D'altra parte era l'abitazione di David Parker e doveva essere evidente, fin dal primo sguardo, che il proprietario era uno degli uomini più potenti di Hollywood.

Lo yacht che il signor Parker usava durante l'estate, per non confondersi con i comuni mortali, era stato messo in secca per l'arrivo della brutta stagione e il molo di legno si stagliava solitario nel grigio della sera.

A Emily piaceva stare seduta sul pontile a giocare. Quante volte si era fermato a guardarla, proprio dal punto in cui ora si trovava, con quello stesso binocolo. E ora poteva averla tutta per sé.

Era una vera *bambolina*, la piccola Emily.

Quando l'aveva vista giocare a casa di Stephanie Dixon ne era rimasto incantato. E poi aveva scoperto che era nientemeno che la figlia di David Parker!

Era stata una fortuna vederla, quella sera, mentre camminava da sola sulla strada. Si era sbrigato a raggiungerla e aveva finto di incontrarla per caso alla fermata dell'autobus.

A volte la vita offre imperdibili occasioni di vendetta su un piatto d'argento...

La piccola era arrabbiata perché suo padre le aveva promesso che l'avrebbe portata alla Parata del 4 luglio e poi se n'era dimenticato.

David Parker era un uomo troppo impegnato per occuparsi di sua figlia! Così, portargliela via era stato uno scherzo.

Aveva regalato a Emily una caramella per consolarla e si era offerto di accompagnarla. Magari più tardi avrebbero avvertito suo padre – l'aveva rassicurata – e sarebbero rimasti anche a vedere i fuochi d'artificio.

Era commovente la fiducia con cui Emily gli aveva dato la mano e si era affidata a lui.

Quando aveva capito che l'ultima cosa a cui era interessato era la Parata del 4 luglio, lo aveva implorato di riportarla a casa. Ma a quel punto non poteva più farlo.

Emily era la sua *bambolina*. Un dono del cielo.

Per giorni si era sentito braccato. La polizia aveva messo posti di blocco ovunque. Anche se era sicuro che nessuno avrebbe potuto collegarlo alla figlia di David Parker, non era riuscito a chiudere occhio al pensiero che qualcuno scoprisse che la bambina scomparsa, da tutti cercata con tanto affanno, si trovava a casa sua.

Degli agenti avevano persino bussato alla sua porta per sapere se il giorno della sparizione avesse visto o sentito qualcosa. In fondo la sua casa, in linea d'area, non era tanto distante da *Promises House*.

Era un bene che lo scantinato fosse insonorizzato e che nessuno fosse a conoscenza della sua esistenza.

Poi aveva avuto il colpo di genio di inscenare la morte di Emily. Le aveva inciso un polpastrello con una lametta, aveva raccolto il suo sangue su un pezzo di pellicola trasparente e ne aveva lasciato qualche traccia sulla scogliera di Aquinnah. Qualche brandello dei suoi vestiti aveva fatto il resto.

Nessuno aveva avuto dubbi che la piccola Emily fosse morta.

Gli esperti del *Centro Oceanografico* di Woods Hole, interpellati dalla polizia, avevano ammesso che con le forti correnti di quei giorni il corpo poteva ormai essere miglia e miglia lontano dalla costa. Così, anche le condizioni atmosferiche lo avevano aiutato...

Ormai credeva che quel capitolo fosse chiuso e non gli

piaceva l'idea che David Parker fosse tornato a Martha's Vineyard.

Sperava solo che la sua presenza sull'isola non avesse niente a che fare con Emily. Altrimenti, suo malgrado, avrebbe dovuto liberarsi anche della sua *bambolina*.

Era stato così facile portare Emily a casa, che aveva pensato di riprovarci ancora con April.

Quelle bambine erano la sua unica compagnia, la sua rivalsa contro un mondo che lo considerava poco più che un barbone e l'aiuto di cui aveva bisogno per rigovernare la stamberga in cui viveva.

Sua madre si era spaccata la schiena tutta la vita e cosa ne aveva ricavato? Salute cagionevole e nemmeno un soldo in tasca. Ed era toccato a lui accudirla quando era troppo vecchia e troppo malata, visto che suo padre si era dileguato in tempo.

Frank... Mi fanno male i piedi. Ti prego, vieni a farmi un massaggio.

Frank mi porteresti qualcosa da mangiare, che non mi sento bene?

Frank! Frank! Frank!

Così lui non ce l'aveva mai avuta una vita. E ora aveva quella *bambolina* che si occupava di tutto.

Frank Carson spense la sigaretta, che si era ormai consumata, e un sorriso beffardo gli salì al volto, perché non poteva negare che il fatto che quella *bambolina* fosse la figlia di David Parker rendeva la circostanza molto gratificante.

Odiava quell'uomo e l'idea di avergli tolto qualcosa di così importante, come la sua bambina, lo faceva sentire potente come non mai.

CAPITOLO 5

Le vetrine di *Cronig's* erano già decorate con ragni, ragnatele e zucche. Prima di entrare, Nora controllò l'orologio per essere sicura che il tempo le bastasse per fare un po' di spesa prima della sua lezione di yoga.

La lista che aveva preparato era piuttosto lunga e detestava fare le cose in fretta, ma con una buona organizzazione ce l'avrebbe fatta.

Per fortuna da *Cronig's* c'era anche un reparto per neonati, dove avrebbe preso i pannolini e il biberon di cui Meg aveva bisogno. Sarebbe passata da sua figlia appena finita la lezione di yoga e, con l'occasione, avrebbe salutato i suoi nipotini e tenuto in braccio il piccolo Sean, che a soli tre mesi era una meraviglia di sorrisi e di guanciotte rubiconde.

Aveva dimenticato che incredibili emozioni, e fatiche, potessero essere racchiuse in uno scricciolo di poco meno di settanta centimetri di altezza.

Meg era al settimo cielo, ma stremata. Sean dormiva poco la notte ed era difficile recuperare tutte le energie che le servivano per portare avanti la famiglia e il lavoro.

Era una fortuna che Mike fosse una solida spalla su cui

18

poggiarsi. Anche se Alex, Jason e Charlene non erano figli suoi, il compagno di Meg se ne occupava con premura e affetto.

Avrebbe approfittato del fine settimana per cucinare qualcosa anche per loro, decise Nora. Magari da surgelare e da tirare fuori nei momenti più critici.

Spingendo il carrello, si diresse verso lo scaffale dei dolci. Aveva deciso di preparare per Steve il Tiramisù, che era uno dei suoi dolci preferiti.

Quando raggiunse il reparto, si accorse che le tavolette di cioccolato fondente che di solito usava quel giorno erano in offerta, così il ripiano si era svuotato in fretta. Per fortuna ne erano rimaste alcune confezioni sullo scaffale più alto.

Nora si sollevò sulla punta dei piedi, ma riuscì appena a sfiorare la cioccolata con la punta delle dita. Il secondo tentativo andò peggio e fece goffamente cadere in terra una busta di merendine. E ancora più goffamente, rialzandosi dopo averla raccolta, finì per urtare un altro cliente del supermercato.

«Mi scusi. Oggi non è giornata.»

Quando volse lo sguardo verso la persona che aveva quasi travolto, si ritrovò davanti David Parker.

Era sorpresa da quanto fosse invecchiato in soli pochi mesi.

Non era difficile comprenderne il motivo e Nora fece il possibile per dissimulare i suoi pensieri.

«David... Avevo visto le luci accese a *Promises House*, ma pensavo si trattasse del personale di servizio. Non credevo che fossi a Martha's Vineyard» lo salutò.

«Sono arrivato tre giorni fa. Come stai, Nora?»

«Bene. Grazie.»

Non sapeva se essere più sorpresa per il fatto che David fosse a Martha's Vineyard, quando i più importanti settimanali avevano annunciato la sua partenza per Parigi, o per averlo incrociato in un supermercato.

Perché David Parker era tutto fuorché un uomo che si faceva la spesa da solo.

Forse lui intuì i suoi pensieri, perché un attimo dopo le spiegò: «Sono passato a prendere dell'aspirina. Ho avuto un terribile mal di testa per tutto il giorno».

«Mi spiace. Se pensi che sia il caso, posso prenderti un appuntamento con il dottor Caine. È un ottimo medico.»

«Credo che basterà un'aspirina» minimizzò David. Quindi si allungò verso la cioccolata che Nora non era riuscita a raggiungere. «Una o due?»

«Due. Sei gentilissimo» lo ringraziò. «Steve arriva per il fine settimana e ho pensato di preparargli un tiramisù.»

«Uno dei tuoi pezzi forti. Anche a Emily piaceva molto...»

Aveva pronunciato quelle parole d'impulso e all'improvviso sembrò esserne travolto.

«Perché non vieni a cena anche tu, domani sera?» gli propose Nora, rompendo il silenzio che si era aperto tra loro.

«Perché no? Sono solo qui a The Vineyard e domani Rose avrà la serata libera.»

«Perfetto. Ti aspettiamo.»

Mentre sistemava la cioccolata nel carrello, Nora rimase a osservare David Parker che si allontanava. Non sapeva se essere più sorpresa per averlo invitato o perché lui aveva accettato senza tentennamenti.

Si conoscevano da anni, ma David era un produttore famoso e raramente si mescolava ai comuni mortali.

Era stata molto amica di sua moglie Vanessa, prima che una terribile malattia se la portasse via, e conosceva la piccola Emily da quando era nata. Però non era mai riuscita a legare con David.

Si era chiesta spesso, negli anni della loro amicizia, cosa avesse fatto innamorare Vanessa. Tanto lei era generosa, espansiva, alla mano, tanto suo marito era distaccato, freddo, formale.

Ogni tanto dovresti morderti la lingua, si rimproverò, sbrigandosi a finire la spesa, per non arrivare tardi alla sua lezione di yoga.

Per quanto non era una cosa che le facesse onore, si era già pentita dell'invito che aveva rivolto a David Parker. I loro mondi non avevano niente in comune. E le uniche due persone per le quali in passato si erano frequentati, ora non c'erano più.

Potevano essere due motivi sufficienti a giustificare il suo disappunto al pensiero della serata che la aspettava?

CAPITOLO 6

Perché diavolo si ritrovava in piena notte in quella soffitta polverosa in cui non saliva da anni?, si chiese David Parker, guardandosi intorno, pur sapendo che era solo una di quelle sciocche domande che non sono interessate a una risposta.

Aveva cercato di favorire il sonno con una tazza di latte caldo, quindi aveva provato a leggere, a navigare su internet ed era di nuovo sceso in cucina per un sandwich. Poi, per quella strana sfacciataggine dei pensieri che arrivano di notte, all'improvviso gli era tornata in mente la sua fiaschetta rivestita in pelle. Era ancora piena di whisky quando l'aveva nascosta nel vecchio schedario del suo studio. Lo stesso giorno aveva buttato via tutte le bottiglie da cui aveva cercato conforto dopo aver perso Emily.

Era riuscito a non far trapelare la notizia del suo ricovero, ma da quel momento aveva smesso di bere. Non poteva permettersi che nel suo ambiente lo considerassero un ubriacone.

In fondo quella fiaschetta non poteva contenere tanto whisky, si assolse. Ne avrebbe bevuto solo un po', giusto per favorire il sonno.

Ma guardandosi intorno, all'improvviso si rese conto

di non essere contento di trovarsi lì.

Quella stanza sembrava sfuggire a tutte le regole che governavano il resto della casa.

Niente profumi, niente pavimenti e superfici specchiate, niente fiori, né grandi vetrate per catturare la luce di fuori. C'erano solo vecchi mobili, oggetti in disuso, scatoloni. Accatastati con cura, ma pur sempre abbandonati.

Morti.

Era questa la sensazione che dominava su tutte le altre. Quegli oggetti erano morti e lui voleva solo sbrigarsi a trovare la fiaschetta, per tornarsene nel mondo rassicurante di *Promises House*, di cui quella stanza non sembrava fare parte.

Mentre si aggirava tra gli scatoloni, riconobbe il tavolo della cucina che aveva fatto sostituire quando Emily lo aveva macchiato con i suoi pennarelli. Il ricordo nitido della durezza con cui aveva apostrofato sua figlia in quell'occasione lo fece vacillare.

Non aveva nemmeno preso in considerazione che Emily a quel tempo avesse solo quattro anni e che non si fosse resa conto di fare una cosa sbagliata. L'aveva sgridata e costretta a cenare da sola, in camera sua, con la tata.

Aveva letto negli occhi di Vanessa tutto il dispiacere per quella punizione eccessiva ma, come accadeva spesso, sua moglie non gli aveva detto niente.

Solo più tardi aveva capito quanto doveva esserle costato assecondarlo in occasioni come quella.

David sfiorò con la coda dell'occhio uno scatolone aperto da cui spuntavano fuori i giocattoli di quando Emily era più piccola. L'orso che voleva nel suo letto per addormentarsi, la coccinella che cantava le sue canzoni preferite, il piccolo carrello della spesa con cui sua figlia percorreva chilometri e chilometri, a casa e fuori in giardino.

Un senso di soffocamento lo afferrò alla gola e comprese che non poteva rimanere a lungo in quella soffitta. Individuò il vecchio schedario che era stato sostituito quando, l'estate prima, aveva cambiato il mobilio del suo studio e si affrettò a rovistarci dentro. Aveva maledettamente bisogno di quel whisky. Ora più che mai.

Trovò la fiaschetta nel penultimo cassetto, dopo aver tirato fuori un sacco di cose inutili che nessuno aveva pensato di buttare via. Avrebbe chiesto a Rose di occuparsene. Anzi, avrebbe fatto di meglio.

Già da un po' di tempo gli ronzava in testa l'idea di ristrutturare la soffitta. Avrebbe approfittato del suo imprevisto soggiorno a Martha's Vineyard per mettere in atto quel progetto.

Sostenuto da quel proposito, tornò in camera sua e si riempì gli occhi dell'ordine che lo circondava. Tutto era lustro, perfetto e di gran classe. Anche l'elegante fiaschetta che stringeva tra le mani.

Si soffermò davanti alla finestra e si prese il suo tempo per quel rituale: svitò lentamente il tappo e contemplando il mare bevve un lungo sorso. Il calore del whisky che gli arrivava nella bocca e scendeva in gola gli trasmise un piacere capace ancora di irretirlo.

Ne buttò giù ancora, incurante dei buoni propositi delle ultime settimane, e faticò a credere di essere riuscito a resistere per così tanto tempo.

La vista era magnifica da lassù. Lo sguardo spaziava lungo le sponde del Lago Tashmoo e si stendeva fino alla brulla lingua di terra di Herring Creek. Gli sembrò di intravedere, in lontananza, un chiarore, che un attimo dopo si spense.

Se non ricordava male, alla punta estrema c'era un vecchio cottage abbandonato.

Forse si era confuso quando aveva creduto di intravedere una luce.

La casa in cui si trovava apparteneva ai Parker da generazioni. Quando si era sposato con Vanessa, avevano pensato di ristrutturarla completamente, perché lei la sentisse più sua, e avevano deciso di chiamarla *Promises House*. Ma quel nome non era stato di buon auspicio per la loro famiglia.

Era stato già duro perdere sua moglie. Non immaginava che avrebbe dovuto fare i conti anche con la morte improvvisa di Emily.

Il sentimento dell'assenza lo colpì a dispetto del whisky che avrebbe dovuto combatterlo. Fu solo un attimo. Un capogiro, un mancamento, una vertigine.

David raggiunse il bagno e svuotò la fiaschetta.

Non era quella la strada.

Emily e Vanessa non sarebbero più tornate e lui non poteva permettersi di lasciarsi andare. Doveva essere forte. L'aveva fatto per tanto tempo e doveva riuscirci ancora.

Avrebbe lottato con le unghie e con i denti per difendere quello che aveva costruito in tanti anni di duro lavoro. Non aveva mai permesso a niente, e a nessuno, di distrarlo dai suoi obiettivi.

In tanti speravano di vederlo in ginocchio, ma non avrebbe dato ai suoi nemici quella soddisfazione.

CAPITOLO 7

Frank Carson finì di raccogliere le foglie che si erano accumulate a causa del vento di quella notte, sistemò il rastrello nel capanno degli attrezzi e controllò che tutto fosse in ordine.

Il prato all'inglese che circondava *Promises House* era ben curato e si interrompeva solo per lasciare posto all'Oceano che lambiva le sponde del Lago Tashmoo. Qua e là il giardino era punteggiato da piante rare, che lo rendevano uno tra i più belli di tutta l'isola. Piante che David Parker doveva aver acquistato solo perché avrebbero aumentato il valore della sua proprietà.

L'unica cosa che sembrava interessare a quell'uomo era che gli altri invidiassero lui e ciò che possedeva, considerò Frank.

Tutto sommato, occuparsi del giardino di *Promises House* non sarebbe stato particolarmente faticoso. Si capiva che Anthony, che se n'era preso cura per tanti anni, doveva essercisi dedicato con competenza e professionalità.

Sarebbe bastata un po' di ordinaria manutenzione. Avrebbe potato gli alberi e le rose, e poi sarebbe stato attento che il manto erboso non soffrisse per il freddo dell'inverno.

Un po' gli dispiaceva per il povero Anthony. Non era che un povero cristo, proprio come lui. E ora si ritrovava in ospedale con la gamba rotta.

Non era certo contento di aver sabotato uno dei rami dell'albero, sul quale sapeva sarebbe salito per i lavori di potatura. Ma era importante per lui avere quel lavoro.

Quando hai un nemico, devi stargli abbastanza vicino da poterlo tenere d'occhio.

Era questo il suo credo.

David Parker era tornato a Martha's Vineyard e quella cosa continuava a non piacergli. Doveva essere sicuro che si fosse messo l'animo in pace. Altrimenti sarebbe stato costretto a rinunciare a Emily. Per sempre!

«Signor Carson! Signor Carson!»

La cameriera di casa Parker – Rose gli sembrava che si chiamasse – si avvicinava a grandi passi e Frank le si fece incontro per facilitarle il lavoro.

«Eccomi qui.»

«Il signor Parker. Mentre faceva colazione, stamattina, ha visto che le foglie non erano ancora state tolte dal telo che ricopre la piscina e mi ha detto di farle presente che anche quello è uno dei lavori di sua competenza.»

«Dica al signor Parker che mi dispiace. L'avrei fatto dopo pranzo, ma ora che conosco le sue abitudini cercherò di farlo la mattina, appena arrivo.»

«Tenga presente che il signor Parker fa colazione alle otto e trenta in punto. E che ci tiene che ogni cosa sia perfetta a *Promises House*.»

«Lo tranquillizzi. Quello che è accaduto oggi non si ripeterà più.» Fu infastidito dal fatto che Rose si fosse soffermata a guardarlo. «Qualcosa che non va?»

«Mi scusi» si giustificò la donna. «Avevo come la

sensazione che ci fossimo già conosciuti.»

«Non credo. Ma ho un viso comune e faccio questa impressione a molti» tagliò corto Frank.

Non distolse lo sguardo da lei e riuscì a farla sentire a disagio, come sperava. Quindi rimase a osservarla mentre si allontanava.

Poteva aver conosciuto sua madre quando, trent'anni prima, aveva lavorato per la famiglia Parker? In molti dicevano che lui le somigliava.

Per un attimo lo attraversò il pensiero di essersi avvicinato troppo al passato.

Era sicuro che nessuno si ricordasse più di Grace Walker. In fondo, dopo averla sfruttata per benino, Richard e Laura Parker le avevano dato il benservito in quattro e quattr'otto.

Ma forse si stava solo preoccupando troppo.

Non c'erano appigli che potessero collegarlo a lei. Tanto più che ora usava il cognome da ragazza di sua madre.

Per sicurezza, comunque, avrebbe cercato di tenersi a distanza da Rose e magari si sarebbe anche fatto crescere la barba. Avrebbe lisciato David Parker per il suo verso, così che non avesse più da lamentarsi.

Non aveva mai provato simpatia per il rampollo dei Parker e ora lo sopportava ancora meno. Trattava tutti come non fossero che nullità e pensava di essere il padrone del mondo.

Chissà cosa avrebbe provato nel sapere che la sua bambina, la piccola Emily, era a casa sua, puliva i pavimenti, preparava la cena e gli rammendava i calzini. Ora davvero non contava più molto, per lei, che suo padre fosse un uomo tanto potente.

CAPITOLO 8

Mentre, di spalle, Nora finiva di affettare l'arrosto, Steve si avvicinò per lasciarle un leggero bacio sul collo.

«Così non vale. Ho le mani occupate e non posso ribellarmi» scherzò Nora.

«Volevi farlo?»

«No» ammise, sincera.

Era contenta che Steve fosse lì e che avessero un intero weekend da trascorrere insieme. Solo lei e suo marito.

Anche la cena sarebbe stata perfetta se non le fosse venuta la malsana idea di invitare David Parker.

Steve aprì il cassetto per tirare fuori le posate.

«Ho messo il vino rosso a decantare e ho sistemato i fiori a tavola. Speriamo di essere all'altezza della situazione» concluse con un sorriso.

«Non so a che pensavo quando l'ho invitato. Un uomo come David Parker, uno dei più famosi produttori cinematografici di Hollywood. Uno che fa colazione a New York e poi prende l'aereo per andare a cena nel migliore ristorante di Parigi...»

«Non ti fidare di quello che raccontano i giornali. E poi anche *Chez Nora* non è male.»

Lei sorrise e precisò: «Al limite, visto che sono una sostenitrice della cucina italiana, *Trattoria da Nora*. Ma di cosa gli parlerò durante la cena? Facciamo vite così diverse».

«Vi conoscete da tanti anni. È un tuo amico.»

«Vanessa era una mia cara amica. E volevo bene a Emily.»

Ma loro non ci sono più, pensò poi, senza dirlo.

Era ancora nitido, nella sua mente, il ricordo del momento in cui la radio aveva parlato della scomparsa di Emily. Era in auto e stava tornando a casa dopo aver pranzato con Meg e i bambini, per festeggiare il 4 luglio.

Si era fermata sul ciglio della strada ad ascoltare il notiziario, incredula. Le sembrava impossibile che la vita si stesse accanendo tanto su quella bambina.

C'era stato un incredibile dispiegamento di forze in tutta l'isola, ma dopo una settimana le speranze di ritrovarla viva erano state spazzate via. In cima alla scogliera di Aquinnah un turista si era imbattuto per caso in una scarpa che si era scoperto poi essere di Emily. E più in basso, sulla spiaggia, la polizia aveva trovato brandelli dei suoi vestiti.

L'analisi delle tracce di sangue rinvenute sugli scogli dagli investigatori aveva purtroppo confermato che si trattava proprio della piccola Emily.

La scogliera non era molto alta, ma se era scivolata e aveva battuto la testa, di notte, con il mare grosso, non poteva avercela fatta. Polizia e sommozzatori avevano cercato i suoi resti in mare per giorni. Senza successo.

«Brutti pensieri?»

Solo in quel momento si rese conto che suo marito la stava osservando.

«Qualche ricordo troppo triste.»

Steve comprese il suo stato d'animo. Le sollevò il

mento e cercò i suoi occhi.

«Forse è questo il motivo per cui hai invitato David a cena. L'hai fatto per Vanessa e per Emily. Per quanto quell'uomo possa essere abile nel camuffare il suo dolore, non credo che sia passato indenne attraverso tragedie come la morte della moglie e della figlia.»

Nora tornò a occuparsi dell'arrosto, ma tutto quello che desiderava era distogliere lo sguardo da Steve, perché non le piaceva quello che stava per dire.

«La verità è che Vanessa era infelice. David la tradiva in continuazione, ma lei lo amava troppo e non era capace di lasciarlo.»

«E vuoi punirlo tu, ora, per questo?»

Nora comprese e con un lento movimento della testa fece cenno di no.

«Non spetta a me, hai ragione. In fondo Vanessa lo ha sempre perdonato. Ma la vita di Emily è stata troppo breve e... avrei voluto che fosse più felice.»

Steve la guardò a lungo negli occhi prima di chiederle: «Non sei stata tu a dirmi che siamo noi a sceglierci le prove che dobbiamo affrontare su questa terra?».

«Certo. Le lezioni che impariamo sono un'opportunità per la nostra evoluzione spirituale.»

Quindi non c'era molto altro da dire, comprese Nora. «D'accordo. Non posso interferire e non interferirò» aggiunse dopo un attimo.

Il suono del campanello interruppe la conversazione e lei si rese conto che erano già le sette. Si diede una veloce rassettata ai capelli.

«Ci siamo. Si va in scena!»

«Sei perfetta.» Steve la prese per mano e insieme andarono ad accogliere il loro ospite.

David Parker indossava una giacca di velluto blu, perfetta per far risaltare il celeste dei suoi occhi, e aveva in mano un meraviglioso mazzo di rose bianche, che consegnò alla padrona di casa.

«Sono bellissime. Vado subito a sistemarle in un vaso» lo ringraziò Nora, facendogli strada. «Intanto accomodatevi in salone. Vi lascio alle vostre chiacchiere da uomini, mentre preparo le ultime cose da portare in tavola.»

Non incrociò di proposito lo sguardo di Steve, ma era abbastanza sicura che ci avrebbe letto quanto poco fosse entusiasta della "trappola" che gli aveva teso.

Le rose le diedero modo di stare ancora un po' da sola e Nora si prese il suo tempo per sistemare nei piatti l'arrosto, le patate duchessa e i funghi da portare in tavola.

Fu rassicurata dalle voci che sentiva provenire dall'altra stanza. L'atmosfera sembrava rilassata e cordiale e quando li raggiunse, trovò i due uomini davanti al camino, intenti a chiacchierare e a sorseggiare vino rosso.

«È tutto pronto in tavola» li invitò, prendendo il bicchiere che Steve le aveva appena riempito.

«Sono stato sorpreso di non trovare... come si chiamava il tuo domestico indiano?» le chiese David, accomodandosi. «Non lavora più per te?»

«Rudra. Gli ho dato la serata libera perché suo figlio aveva l'influenza. Non potrei fare a meno di lui, ormai è come una persona di famiglia.»

«Quando si trovano collaboratori di fiducia, bisogna tenerseli stretti. Anthony, il mio giardiniere, ieri è caduto da un albero. Per fortuna non si è fatto troppo male, ma ha una gamba ingessata e dovrà stare fermo per un po'. Ho paura che il tipo che lo sta sostituendo non sia un granché. Un certo Frank Carson... Già oggi ho dovuto dargli la prima strigliata.»

«Mi dispiace per Anthony. Mi sembra di averlo incrociato qualche volta, a Promises House.»

Quando Vanessa era ancora in vita, pensò Nora. Ma questo non era il caso di aggiungerlo.

In quel momento il cellulare di David prese a squillare e l'ospite si alzò per rispondere.

«So di essere imperdonabile, ma aspetto un'importante telefonata di lavoro» si scusò, spostandosi nella stanza accanto.

Appena si fu allontanato, Nora ripeté, con una punta di sarcasmo: «*Già oggi ho dovuto dargli la prima strigliata?!*».

Quelli erano di sicuro i modi di David Parker che meno condivideva.

«Non è tanto antipatico. Prima che tu arrivassi abbiamo fatto un'interessante conversazione sul tasso di cambio del dollaro» le sussurrò, ironico, Steve. «Ho provato a chiedergli qualcosa dei suoi film, ma non sembrava avesse voglia di parlarne. Forse si sarà stancato di ripetere sempre le stesse cose ai profani che vogliono conoscere il "favoloso mondo del cinema".»

Nora sorrise. «Non deve essere facile essere il produttore più famoso di Hollywood.»

«... sono dei bastardi! Pensano di prendermi per il culo? Ma io non sono nato ieri e giuro che li faccio pentire...»

Il tono di voce del loro ospite si alzò all'improvviso e Nora e Steve non poterono fare a meno di ascoltare.

David li raggiunse a tavola pochi secondi dopo.

«Scusatemi, ma ogni tanto certe persone vanno rimesse al loro posto.»

I tratti del suo viso erano trasfigurati dalla rabbia e Nora si rese conto che David Parker non era la persona controllata che cercava di apparire.

Si alzò, per far sfumare la tensione.

«Se siete pronti per il dolce, vado a prendere il Tiramisù in frigo.»

«Il momento che abbiamo aspettato per tutta la cena» la supportò Steve.

E Nora fu contenta di potersi rifugiare per qualche momento in cucina. Comprese che nella sua sensazione di disagio tutto si stava mescolando: la freddezza di David, che le ricordava quella di suo padre; l'amore che Vanessa non aveva avuto e la breve vita di Emily.

La verità, che forse non avrebbe ammesso con nessuno, era che in qualche modo riteneva David colpevole di non essere stato un padre abbastanza amorevole.

Non si sentiva orgogliosa di quel pensiero e avrebbe cercato di dimenticarsene, ma quando era andata ad Aquinnah, dopo che la polizia aveva trovato le tracce di sangue sulla scogliera, si era sentita soffocare da una sensazione di solitudine e di smarrimento che doveva essere quella che Emily aveva provato prima di morire.

Quelle emozioni erano state così forti che avevano continuato ad aleggiare intorno a lei per settimane. E il loro significato era chiaro: Emily non si sentiva amata. Non si era sentita amata abbastanza quando era scappata da casa, per andare incontro alla morte.

CAPITOLO 9

28 ottobre

Raggomitolata in un angolo del seminterrato, Emily si costrinse a non pensare al gelo che le trafiggeva la pelle e le condensava il respiro.

Un sussulto di tosse le squassò il petto. Si era raffreddata, qualche giorno prima, e poi le era venuta quella tosse che le bruciava dentro e non voleva andare via.

Il riscaldamento era quasi sempre spento, perché Frank diceva che non poteva permettersi tanti sprechi, e il maglione che le aveva comprato non la scaldava abbastanza.

L'aria stantia e la mancanza di luce le confondevano i pensieri. Non c'erano giorno o notte, sole o pioggia. Niente contava lì sotto, in quello scantinato.

Si sentiva tanto stanca.

Prima che Frank uscisse per andare al lavoro, l'aveva fatta salire per lavare il bagno, passare lo straccio sui pavimenti, pulire la cucina, rifare il letto e organizzare la cena.

Non era più spaventata come i primi giorni. Aveva imparato a preparare i sandwich come piacevano a lui, a fargli un buon caffè, a lavargli la biancheria e a servirgli birra gelata mentre guardava la televisione.

Ogni tanto Frank ancora si infuriava. Quando cuoceva troppo le uova strapazzate o se bruciacchiava il bacon per la colazione. Ma accadeva sempre più di rado.

Non le piaceva pulire tutta quella sporcizia e le sue mani erano screpolate per i detersivi e per l'acqua gelida che era costretta a usare. Di notte faticava a addormentarsi per il troppo freddo, ma non si sarebbe lamentata. Frank non sopportava le sue "lagne" – così le chiamava – e lei si sarebbe guardata bene dal farlo arrabbiare.

Cominciava a pensare che non si sarebbe mai liberata da quell'incubo.

All'inizio si era illusa che suo padre sarebbe riuscito a salvarla. Ma poi Frank le aveva portato le riviste che ritraevano il grande David Parker mentre partecipava a un importante festival del cinema, o che veniva intervistato per parlare del suo nuovo film.

«Il tuo paparino non sembra troppo addolorato.»

Frank l'aveva tormentata per settimane con quei giornali e aveva smesso solo perché si era reso conto di non riuscire più a farla piangere.

Quando provò a muovere i piedi, Emily sentì la puntura di centinaia di spilli. A stare ferma, rannicchiata in quell'angolo, le si erano addormentate le gambe, e il freddo non passava. Per quanto si sentisse ancora tanto stanca, si rese conto che se voleva combattere il gelo che la imprigionava doveva muoversi.

Si sollevò in piedi e cominciò a percorrere il perimetro dello scantinato, come per una scommessa con se stessa, un passo dopo l'altro.

Se l'avesse amata di più, suo padre sarebbe riuscito a trovarla. Se l'avesse amata abbastanza l'avrebbe riportata a casa, nella sua cameretta accogliente e nel suo letto caldo.

Emily non desiderava che lasciarsi scivolare a terra e tornare a rannicchiarsi nell'angolo, ma si impose di resistere a quel richiamo, anche se alla sua forza di volontà sembrava non interessare più niente dei suoi buoni propositi.

Prima o poi si sarebbe arresa anche lei e sarebbe rimasta ferma e immobile per sempre.

Niente più freddo. Niente più solitudine. Niente più dolore.

CAPITOLO 10

Il cottage che aveva appena finito di visitare era una proprietà in ottime condizioni, con una splendida vista sul lago di Menemsha. Dal portico, al piano terra, si godevano magnifici tramonti e con una breve passeggiata si poteva raggiungere la spiaggia di Squibnocket.

Una casa perfetta per delle vacanze romantiche, pensò Nora, sicura che non avrebbe avuto alcun problema a trovare degli acquirenti. Il prezzo era buono e la casa valeva ogni singolo dollaro della cifra richiesta dai proprietari.

Dopo aver chiuso imposte e porta d'ingresso, controllò l'orologio.

Aveva promesso alla sua amica Debbie che sarebbe stata ad attenderla all'arrivo del traghetto e voleva essere puntuale, così fu contenta di constatare che aveva tutto il tempo che le serviva per raggiungere il porto di Oak Bluffs.

Aveva conosciuto Debbie quattro anni prima in una libreria di Boston, durante una presentazione in cui, con modi semplici e diretti, parlando del suo libro, Rachel Donovan, l'autrice, aveva raccontato di come sua sorella morta fosse riuscita a mettersi in contatto con lei attraverso alcuni messaggi registrati sulla segreteria telefonica.

Alla fine della presentazione, Debbie l'aveva raggiunta per presentarsi.

«Devi avere avuto l'impressione di trovarti in una gabbia di matti. Parlare con tanta nonchalance di morti e di contatti con l'aldilà...»

E quello era stato l'inizio della loro amicizia.

Debbie riceveva da tempo messaggi da suo figlio David, morto appena ventenne, sul nastro di un vecchio registratore. Nora le aveva confidato di averne trovato uno, scritto con le lettere dello Scarabeo, che poteva essere solo del suo primo marito, Joe, ucciso pochi mesi prima durante una rapina in banca.

Debbie era stata il suo sostegno e la sua guida in quei mesi di smarrimento. L'aveva aiutata ad accettare il suo *dono* e c'era stata ogni volta che aveva avuto bisogno di parlare di spiriti e di contatti con chi non era più in vita, senza correre il rischio di essere presa per pazza.

Non riuscivano a incontrarsi spesso, ma quella sera avrebbero cenato insieme e poi Debbie sarebbe rimasta a dormire nel cottage di Tashmoo.

Nora aveva impiegato poco più di dieci minuti per percorrere il tragitto in macchina e mentre cominciava a vedere in lontananza le luci del porto di Oak Bluffs, si augurò che quella rimpatriata avrebbe risollevato l'umore di Debbie. Un paio di mesi prima la sua amica si era separata dal marito e non era difficile immaginare quanto fosse dura attraversare quell'esperienza dopo tanti anni di matrimonio.

La vita ci dà e ci toglie, si disse Nora. *La vita ci mette alla prova e ci scaraventa giù dalle poltrone quando diventano troppo confortevoli e ci rendono accondiscendenti. La vita ci ammacca per costringerci a ricordare che un tempo eravamo degli esploratori e ci*

piaceva viaggiare con il cuore acceso.
La vita, a volte, è crudele e per niente indulgente.

Debbie scese dal traghetto alle sei in punto. Era avvolta in un pesante cappotto di lana melange ed emanava la luce di sempre, anche se sui suoi occhi c'era un velo di tristezza che Nora non conosceva.

La salutò con un abbraccio.

«Com'è andato il viaggio?»

«Piuttosto solitario. Eravamo non più di dieci, quindici persone sul traghetto.»

Debbie le sistemò un ciuffo di capelli, che il vento aveva scompigliato. E per qualche attimo rimase a osservarla in silenzio, con le labbra appena increspate da un sorriso.

«Finita l'estate, i turisti diventano un articolo raro a The Vineyard. Ma per chi ci abita tutto l'anno, questa tranquillità è una boccata d'ossigeno. Vieni, ho posteggiato la macchina qui vicino.»

Le strade erano poco trafficate e non impiegarono molto tempo per tornare a casa.

Mezz'ora più tardi, dopo essersi sistemata nella stanza al primo piano che Nora aveva preparato per lei, Debbie raggiunse la sua amica davanti al camino.

«Eccoti qui.» Nora le allungò un bicchiere di vino rosso. «Ho aperto una bottiglia di Brunello di Montalcino che mi hanno mandato dei cari amici dall'Italia.»

«Wow... Sono onorata. Un signor vino. Posso aiutarti in cucina?»

«Già tutto fatto. Ho preparato dei rigatoni all'amatriciana insieme alle polpettine al limone che l'altra volta ti erano piaciute tanto.»

Come lei, Debbie amava la cucina italiana e a quell'informazione il suo sorriso si illuminò.

«Se mi vizi così, non vado più via.»

«Puoi rimanere quanto vuoi. A casa mia c'è e ci sarà sempre una stanza per te.»

«Non so se Steve sarebbe così contento di avere una "terza incomoda" tra i piedi. Voi due siete la mia speranza che l'anima gemella esista davvero.»

Nora la osservò bere un lungo sorso di vino, prima di chiederle: «Dunque la separazione fra te e Mark è definitiva?».

Debbie annuì, senza nascondere il suo rammarico.

«Ha preso un appartamento a Beacon Hill. Ci vediamo ogni tanto, quando c'è da risolvere qualche incombenza burocratica.»

«Non deve essere facile.»

«Non è indolore nemmeno vivere con un estraneo in casa. Negli ultimi mesi avevo l'impressione che tutto di me gli desse fastidio.» Il suo tentativo di sorridere naufragò in una smorfia triste. «Credo che ormai non mi considerasse che una matura signora piuttosto stravagante.»

Nora comprese. «Non è mai riuscito a credere ai messaggi di David...»

Debbie scosse con decisione la testa. «I grandi dolori possono unire. O creare distanze incolmabili.» Rimase a osservare il bicchiere che stringeva tra le mani. «O forse è normale, dopo trent'anni di matrimonio, che l'abitudine uccida tutto.»

Nora non riuscì a trattenere un profondo sospiro. «Non lo so. Io penso che per condividere un'intera vita l'amore da solo non possa bastare. Un matrimonio è anche volontà. Una forte volontà di non dimenticare le farfalle nello stomaco dei primi incontri. E bisogna essere giardinieri tenaci per non far seccare tutto.»

Non era stato facile parlare del suo *dono* a Steve. Ma lui

la faceva sentire amata per ciò che era. Niente pezzettini o compartimenti stagni.

Debbie bevve un altro sorso di vino prima di dire: «Io e Mark ci siamo dimenticati troppo spesso di innaffiare il nostro giardino».

«Mi dispiace, ma non esiste esperienza, per quanto dura, che prima o poi non riveli un senso.»

«Per ora c'è solo tanta tristezza.»

Non c'era molto altro da aggiungere. Rimasero in silenzio a osservare le lingue di fuoco del camino, che animavano le pareti con i loro giochi di luce.

Dopo qualche istante, Debbie tornò a voltarsi verso Nora.

«Non sono sicura che riguardi te ma... ieri ho trovato delle nuove parole di David registrate sul nastro, proprio mentre stavo preparando la borsa per venire qui. Quindi forse sei tu la destinataria più probabile di questo messaggio. Lo sai che ho smesso di credere alle coincidenze.»

«Un messaggio di David... per me?»

Per quanto fosse già accaduto, non era mai banale o scontato. Perché le anime di chi non era più nel mondo dei vivi non si muovevano per niente.

«Il messaggio diceva qualcosa tipo: "Deve sapere di April". Sai come sono confuse le registrazioni. Era rivolto a una "lei", che ho pensato potessi essere tu...»

Quando si erano conosciute, Debbie le aveva fatto ascoltare qualcuno dei messaggi che suo figlio David le lasciava registrati su una vecchia segreteria telefonica, di quelle che non si usavano più. La voce era poco più di un sussurro, il linguaggio aulico e l'audio di scarsa qualità... ma anche Nora era riuscita a distinguervi delle parole.

E non importava che quello non fosse un argomento facile da condividere con chiunque.

Ricevere messaggi da qualcuno che non faceva più parte del mondo dei vivi... Anche di fronte alle evidenze – a riferimenti che nessun altro avrebbe potuto conoscere – sarebbero stati in molti a tacciarle di pazzia.

«Anch'io non riesco a capire. *April.* Potrebbe riferirsi al mese di aprile, o essere il nome di qualcuno. Ma non conosco nessuno che si chiami così. Devo rifletterci un po' sopra. Forse devo ricordarmi di qualcosa che è successo o che deve succedere in aprile... In questo momento, però, non mi viene in mente niente.»

L'ingresso in salone di Rudra interruppe la loro conversazione.

«Posso servire la cena?»

«Ci penserò io, Rudra. Grazie. Vai pure a casa. Ce la caveremo da sole senza problemi.»

Nora raggiunse la cucina per prendere la pasta da servire in tavola. Era tutto pronto, ma all'improvviso si bloccò per un capogiro.

Forse era il vino bevuto a stomaco vuoto, o la preoccupazione per la separazione di Debbie o...

La realtà – dovette ammettere – era che non c'era nessun "o" che potesse giustificare l'ansia che le aveva fatto vacillare le gambe.

Solo quel *"Deve sapere di April"* che non voleva abbandonare i suoi pensieri.

CAPITOLO 11

29 ottobre

Judith entrò in agenzia come una folata di vento, portandosi dietro l'aria gelida del tardo pomeriggio.

«Non puoi immaginare quanto volevano per quella casa che si regge appena in piedi» esordì, liberandosi dalla sciarpa e dai guanti.

«Se me lo dici così, forse è meglio che non lo sappia» le rispose Nora, con un sorriso, sollevando appena lo sguardo dal computer.

«Sono anche passata da Tom per chiedergli di venire in agenzia per la perdita d'acqua che c'è in bagno.»

Nora rivolse alla sua segretaria uno sguardo ammirato.

«Se non lo avessi già fatto, ti assumerei.»

Judith lavorava con lei da diversi anni ed era l'efficienza fatta persona. Nora non riusciva nemmeno a immaginarla seduta in poltrona a leggere una rivista, o a godersi un tè con le amiche. I momenti di relax non dovevano aver fatto mai parte della sua vita.

Judith era una donna energica, una persona generosa e onesta, e una collaboratrice impagabile, che forse era riuscita a farsi rivelare da qualcuno il segreto dell'ubiquità.

«Dopo aver cresciuto da sola cinque figli, niente può

spaventarmi» ripeteva spesso.

«Comunque, se chiedono più di settecentomila dollari non troveremo mai qualcuno disposto a comprarla» aggiunse Nora un attimo dopo, tornando alla proprietà che stavano per prendere in carico. «Ce ne vogliono quasi altrettanti per renderla abitabile.»

Judith sistemò la sua giacca sulla sedia e raggiunse la macchina del caffè.

«Ne preparo una tazza anche per te?» le chiese. «Fuori si gela e credo che tra poco comincerà anche a piovere.»

Nora accettò volentieri l'offerta di Judith. Un caffè era proprio quello che ci voleva. Quella mattina si era svegliata presto, per accompagnare Debbie al traghetto prima di andare in agenzia, e durante la notte non aveva dormito molto pensando al messaggio di cui la sua amica le aveva parlato.

Deve sapere di April...

Per quanto ci avesse riflettuto, non aveva trovato collegamenti che potessero aiutarla a comprendere. Non conosceva nessuno con quel nome, né si era ricordata di ricorrenze, compleanni o eventi particolari legati al mese di aprile.

Aveva anche provato a convincersi che quel messaggio potesse essere destinato a qualcun altro.

Ma aveva imparato a fidarsi della sincronicità e sapeva – anche – che se un'anima aveva deciso di mettersi in contatto con lei, per un motivo che ancora non conosceva, le cose non si sarebbero fermate lì.

«Con tutti i lavori che ci sono da fare, volevano 950 mila dollari» proseguì Judith scuotendo la testa. «Allora ho invitato i proprietari a sedersi a tavolino e ho spiegato loro che, con un prezzo così, la casa sarebbe rimasta invenduta a lungo. Non erano molto contenti delle mie osservazioni, ma poi hanno voluto sapere quale fosse la nostra valutazione della proprietà.»

«Sei riuscita a convincerli ad abbassare il prezzo?»

Judith le porse la tazza di caffè e annuì. «Possiamo metterla in vendita a 650 mila.»

«Non c'è giorno che io non mi chieda come ho fatto a portare avanti l'agenzia prima di assumerti» la gratificò Nora.

«Mi stai adulando, ma continua pure. Ho cinque figli adolescenti, fare scorta di complimenti è un grande sostegno per i momenti più duri.»

Nora si alzò per riempire di nuovo la sua tazza e un po' di caffè le cadde a terra.

«Sono una pasticciona» commentò mentre si chinava per asciugare il pavimento con un foglio di carta da cucina.

«Non ti preoccupare. Dopo l'orario di chiusura arriverà Theresa. Ci ripasserà anche lei con lo straccio.»

«A proposito, stasera esco con un po' di anticipo. Devo passare da Meg, prima di tornare a casa. Posso lasciarti l'assegno per pagarle il mese?»

«Certo. Vorrei finire di aggiornare il sito con le foto delle nuove proprietà da vendere, quindi sarò di sicuro ancora qui, quando arriva.» Judith fece passare qualche secondo prima di aggiungere. «Non ti ho ringraziato abbastanza per averle offerto di fare le pulizie qui in agenzia. Ha tanto bisogno di lavorare...»

Theresa Cummings era un'amica di Judith che si era trovata in difficoltà economiche, dopo che il marito se n'era andato lasciandola sola e senza lavoro, con una bambina di appena dieci anni.

Nora era stata contenta di poterla aiutare e l'aveva anche raccomandata ai proprietari di altri negozi lì intorno. «È una persona per bene. Spero che piano piano le cose si sistemino e trovi un po' di serenità» rispose.

Il rumore della porta che si apriva richiamò la loro attenzione verso l'entrata dell'agenzia.

«All'improvviso è esploso un temporale con i fiocchi.»

David Parker entrò trascinandosi dietro l'ombrello grondante di pioggia, che sistemò in un angolo.

«David... Che sorpresa!»

Nonostante si conoscessero da anni, Nora si rese conto che era la prima volta che metteva piede nella sua agenzia. Anzi, a dirla tutta, non immaginava nemmeno che David sapesse dove si trovava.

«Vieni, accomodati. Abbiamo appena preparato il caffè. Te ne verso una tazza» lo invitò, cancellando dal viso la sua espressione stupita.

«Ci penso io» le fece eco Judith alzandosi.

Dopo essersi tolto il cappotto bagnato, David si accomodò davanti alla scrivania di Nora.

«Accetto con piacere. Qualcosa di caldo è proprio quello che ci vuole con il tempaccio che c'è lì fuori.»

«Sei qui per il vernissage? So che stasera a Oak Bluffs inaugurano una nuova galleria d'arte.»

«Non amo il "vorrei ma non posso" di certe occasioni ufficiali» commentò lui con una certa spocchia. «No. Mi dispiace essere venuto senza alcun preavviso, ma avevo voglia di fare una passeggiata e ho pensato di approfittarne per chiederti se Meg potrebbe occuparsi di una piccola ristrutturazione a *Promises House*. Non ho il suo numero di telefono e voglio iniziare i lavori subito.»

Voglio. Subito.

Le parole più appropriate sulla bocca di David Parker.

Nora non aveva idea di che ristrutturazione si trattasse, ma sapeva – perché Vanessa glielo raccontava – che David aveva una cura maniacale per i minimi dettagli di tutto ciò che gli apparteneva. *Promises House* compresa.

«Devo passare da Meg stasera. Ha avuto da poco un

altro bambino. Le dico del lavoro che vuoi affidarle e poi le do il tuo numero, così potete parlarne direttamente.»

«Perfetto.» David annuì mentre già si stava alzando in piedi. «Spiegale che non si tratta di una ristrutturazione impegnativa. Voglio sistemare la soffitta e trasformarla in una saletta di proiezione.» Prese il suo ombrello e salutò con un cenno. «Aspetto la sua telefonata domani.»

Nora rimase a osservarlo mentre si allontanava con passo sicuro nella strada, poi si accorse dell'espressione accigliata di Judith.

«Lo so. La simpatia non è tra i suoi doni» interpretò.

«Sono una donna d'altri tempi, forse poco accomodante... Ma ha parlato solo di quello che serviva a lui. Non ti ha chiesto di Meg, né del tuo fantastico nipotino.» Judith accennò alla tazza che aveva in mano. «E non ha nemmeno preso il caffè che si è fatto preparare.»

«Forse andava di fretta.»

Davvero non c'era molto altro che potesse ribatterle. Perché avvertiva sensazioni stridenti – verso quell'uomo – che non riusciva a spiegarsi, e che forse non erano nemmeno le sue.

CAPITOLO 12

«E che diavolo sarebbe questa?!»

Lo sguardo feroce che Frank le rivolse mentre la teneva bloccata la atterrì. Aveva la sigaretta che gli pendeva dalle labbra e tutto quello che Emily riusciva a vedere era il tabacco che ardeva a ogni boccata.

Conosceva il dolore della brace sulla pelle e sapeva che Frank godeva nello spegnerle le sigarette sulle braccia per punirla quando non era contento di lei.

Avrebbe voluto piangere, ma fece il possibile per non farsi sopraffare dal terrore. Sapeva che lui non sopportava le sue "lagne" e che poi diventava più cattivo.

«La zuppa di vongole, Frank. Mi hai detto che volevi la zuppa di vongole per cena...»

«Come mi hai chiamato?»

«Signor Carson... Mi scusi.»

«Ci ho messo settimane a insegnarti come si prepara una vera zuppa e tu mi presenti questa schifezza? Lavoro tutto il giorno, io, e voglio un pasto decente quando torno a casa.»

«Non c'era abbastanza bacon in frigorifero... Sono passati tanti giorni dall'ultima volta che ha portato la spesa a casa.»

Fu un errore ed Emily se ne rese conto appena finì di parlare. Perché quella osservazione, invece di placarlo, lo fece infuriare ancora di più.

Frank scagliò via il piatto che gli aveva appena servito e le strinse le mani così forte intorno alla gola che non riusciva più a respirare.

«Vuoi dirmi che non guadagno abbastanza? Che sono solo un buono a nulla?»

Emily annaspò nella vana ricerca di aria. Cercò di tirare via le mani dal collo e di liberarsi dalla stretta, ma Frank era troppo più forte di lei.

Avrebbe voluto chiedergli *scusa, scusa*, ancora *scusa*, e dirgli anche *basta, per favore lasciami andare*, ma non riusciva a parlare e lui non mollava la presa.

Non ce l'avrebbe fatta ancora per molto. Aveva bisogno di respirare.

Poi Frank allentò la stretta, ma solo per sfilarsi la cinta dei pantaloni.

«Io mi spezzo la schiena tutti i giorni. Non sei che un'ingrata. Sai cosa faceva mio padre quando mi mostravo un ingrato? Cinghiate su cinghiate! E non gli importava niente che lo pregassi di smettere o che piangessi.»

Lo sguardo di Frank era pieno di odio e mentre già sollevava la cinta per colpirla, Emily abbassò la testa, sottomessa.

«La prego. Non mi faccia del male, signor Carson. Imparerò meglio e la prossima volta la zuppa sarà più buona.»

Asciugò in fretta le lacrime che le rigavano il viso e lentamente Frank abbassò il braccio, senza smettere di fissarla.

«In queste settimane ho cercato di farti capire come voglio essere trattato. Non ripresentarti mai più con una cena così schifosa, altrimenti non mi impietosirai con così poco.»

Emily rimase con lo sguardo basso, il respiro affannato e il collo dolente.

«Puoi scordarti il pane secco che ti avevo messo da parte. E adesso vai a lavare i piatti.»

Emily si affrettò a sparecchiare la tavola, attenta a non combinare pasticci, e si sentì sollevata al pensiero di potersi spostare in cucina, lontano dallo sguardo feroce di Frank, dalla brace della sua sigaretta, dalla sua cinta e dal suo alito fetido.

Una bambina da sola andò
e mai a casa ritornò...

Sapeva che le avrebbe lasciato solo il tempo che le serviva per rigovernare e poi l'avrebbe di nuovo portata al piano di sotto. Non sopportava più lo spazio chiuso e angusto dello scantinato. Avrebbe dato qualsiasi cosa per poter scrutare oltre i vetri di una delle finestre, forse solo per essere sicura che esistesse ancora un mondo fuori di lì. Ormai doveva essere sera e forse non avrebbe visto molto di più delle sagome scure degli alberi, del nero profondo del cielo, del chiarore della luna e – se era fortunata – dei suoi riflessi sul mare.

Ma Frank chiudeva sempre bene le imposte, per impedirle di guardare fuori, ma soprattutto perché gli altri non vedessero lei.

Una volta in cucina, Emily aprì il rubinetto dell'acquaio, perché Frank non pensasse che stesse battendo la fiacca e se la prendesse ancora con lei. Mise un po' di sapone sulla pezzetta, attenta a non esagerare, perché sapeva che se il detersivo fosse finito troppo presto Frank si sarebbe arrabbiato.

Fu in quel momento che si rese conto che le imposte della finestra davanti al lavandino non erano ben accostate e che, spostandosi un po', sarebbe riuscita a vedere all'esterno.

Cominciò a lavare i piatti, cercando di non pensare all'acqua gelida che le arrossava le mani, perché Frank non si insospettisse.

Si sentì soffocare per un improvviso e incontrollabile attacco di tosse, ma trattenne il respiro. La situazione sembrava peggiorata negli ultimi giorni. Il petto le bruciava e si sentiva debole. Sua madre le avrebbe detto di non bagnarsi le mani con l'acqua fredda, per non ammalarsi ancora di più. Ma sua madre era morta e nessuno si preoccupava per lei.

Chiuse gli occhi e si concentrò per cercare di controllare la tosse e i pensieri tristi. Poi tornò a guardare in quel piccolo spiraglio tra le due ante della finestra.

All'inizio non vide che il buio, ma era pur sempre il buio "di fuori" e si emozionò.

Piano piano gli occhi si abituarono all'oscurità e cominciò a distinguere la terraferma, gli arbusti, gli scogli. Il mare!

Cercò di ricordare il profumo dell'oceano e la sensazione del vento sulla pelle.

Sapeva che quell'ubriacatura di emozioni non sarebbe durata a lungo perché presto Frank l'avrebbe riportata nello scantinato. Cercò di esplorare ancora il panorama lì intorno, per capire dove si trovasse, finché alcuni puntini luminosi in lontananza non le fecero sobbalzare il cuore.

Conosceva quel paesaggio...

L'abitazione più vicina si trovava nella parte opposta del promontorio e... sì, era proprio *Promises House*! La sua casa. La spiaggia dove l'estate trascorreva le sue giornate spensierate. Il pontile di legno da cui si tuffava.

La commozione le fece salire le lacrime agli occhi.

Non pensava di essere così vicina alla sua vecchia vita.

Alla sua vita com'era stata prima che facesse l'enorme sciocchezza di andarsene via da casa per punire suo padre, fidandosi di un uomo che non aveva visto più di un paio di volte.

La casa di Frank si trovava sulla punta estrema di Herring Creek, sulla penisola brulla e deserta che poteva vedere dalle finestre di casa sua e che aveva sempre pensato disabitata.

Emily strizzò gli occhi per concentrarsi meglio sulle luci in lontananza e si rese conto che due delle finestre di *Promises House* erano illuminate.

Mio Dio...

Possibile che suo padre fosse tornato a Martha's Vineyard? Si trattava davvero di lui?

Da quello che Frank le aveva mostrato sui giornali, alla fine dell'estate suo padre doveva essere tornato nella loro casa di Los Angeles.

«Vedi che aria sofferente, il tuo paparino?»

E ora suo padre era lì.

Il cuore prese a batterle così forte che temette persino che Frank potesse sentirlo.

E se suo padre fosse tornato per cercarla? E se non fosse stato vero – come Frank le aveva fatto credere – che lui era felice anche senza di lei?

L'emozione quasi le impediva di respirare.

Sono qui, papà. Sono qui.

No. Non doveva perdere la testa.

Si voltò per controllare che Frank non si fosse accorto di niente e si rincuorò vedendolo assorto in non sapeva quale programma televisivo.

Emily tornò a guardare oltre le imposte, verso quei punti luminosi che le inondavano il cuore di mille sensazioni. Cercò di ricostruire quali fossero le stanze di *Promises House* in cui la luce era accesa. La finestra più bassa poteva essere quella della cucina. E l'altra — ma non ne era sicura — sembrava quella dello studio di suo padre.

Avrebbe tanto voluto dischiudere le imposte di qualche centimetro in più. Ma avrebbe dovuto aprire la finestra, avrebbe fatto rumore e Frank se ne sarebbe accorto. Non riusciva nemmeno a immaginare quale sarebbe stata la punizione per un gesto tanto irragionevole.

Accettò di non poter fare altro e continuò a contemplare quei piccoli frammenti della vita che non poteva più avere, avida di ogni particolare, per il poco tempo che le rimaneva prima che Frank la rinchiudesse di nuovo nello scantinato.

Suo padre era così vicino... E non c'era emozione più forte di quella.

Emily trattenne le lacrime.

Se si fosse concentrata abbastanza, sarebbe riuscita a fare in modo che i suoi pensieri arrivassero fino a lui?

Ti prego, papà, ascoltami.

Puoi sentirmi?

Dicono che chi si vuole bene riesce a parlare anche da lontano.

Ho bisogno di te, papà.

Ti prometto che sarò buona e che farò in modo che tu sia orgoglioso di me.

Ma portami via da qui, perché non resisterò ancora a lungo.

CAPITOLO 13

30 ottobre

Per quanto il suo lavoro di architetto d'interni la mettesse continuamente in contatto con abitazioni di prestigio, Meg non poté evitare di dedicare un lungo sguardo di ammirazione a *Promises House*.

A vederla da vicino era ancora più bella di quanto apparisse dalla strada.

La casa si ergeva altera su una lingua di terreno degradante verso il mare. La costruzione principale era formata da un ampio corpo centrale delimitato, al primo piano, da due grandi terrazze semicircolari, che creavano nel piano inferiore due patii gemelli, circondati da siepi di ortensie.

Incantevole. Era quello l'aggettivo che meglio descriveva *Promises House*, pensò Meg.

La piccola ristrutturazione di cui David Parker aveva parlato a sua madre sarebbe stata il suo primo incarico dopo che Sean era nato; trattandosi di un impegno non troppo gravoso, forse sarebbe stato il modo migliore per rimettersi in gioco, in modo graduale, dopo la pausa della maternità.

«Buonasera, architetto Cooper. Venga, il signor Parker

la sta aspettando nel suo studio.»

Meg seguì la domestica che l'aveva accolta sulla porta d'ingresso ed entrando in casa venne avvolta da una calda fragranza di arancia e cannella.

Le venne da chiedersi se il proprietario in persona si occupasse di dettagli come quello, che contribuivano a rendere impeccabile l'accoglienza a *Promises House*, o li affidasse al personale di servizio.

Mentre si addentrava lungo i corridoi e attraversava la sala da pranzo, controllò l'orologio. Aveva lasciato il piccolo Sean a casa di Nora. Si era addormentato subito dopo aver preso il latte dal suo seno e Meg calcolò che aveva un paio d'ore davanti a sé prima che suo figlio, all'ora di pranzo, la cercasse per la nuova poppata.

La domestica, che la precedeva di pochi passi, scomparve dalla sua vista per annunciare la sua presenza al padrone di casa e un attimo dopo, con un cenno, la invitò ad accomodarsi nello studio.

Vedendola entrare, David Parker le si fece incontro per salutarla con una stretta di mano.

«Ciao, Meg. Sono contento che tu sia potuta venire con così poco preavviso.»

«Mamma si è offerta di occuparsi del bambino e... eccomi qua.»

La stretta dell'uomo era energica e la sua espressione perennemente accigliata. L'aveva incontrato un paio di volte negli anni passati, quando sua madre frequentava Vanessa Parker, e non ne aveva ricavato l'impressione di una persona interessata a mettere gli altri a proprio agio.

«Il tempo è prezioso per tutti. Forse la cosa migliore è che tu dia un'occhiata alla soffitta, per renderti conto del lavoro.»

Essenziale nei modi, ma pragmatico.

«Mi sembra un'ottima idea.»

Stava per avviarsi, ma si rese conto che Parker non si era mosso d'un passo.

«Ti accompagnerà Rose. Se non ti dispiace, ti aspetto qui.»

Solo allora Meg si accorse che la domestica era rimasta sulla porta dello studio, in attesa.

«Nessun problema.»

Per quanto le sarebbe sembrato più naturale essere accompagnata dal padrone di casa e discutere direttamente con lui dei dettagli, non sollevò alcuna obiezione. Voleva essere a casa quando Sean si sarebbe svegliato e non aveva intenzione di complicare le cose.

Seguì Rose ai piani superiori, lungo le due rampe di scale, e quello che vide le confermò l'idea di una casa splendida, che non avrebbe sfigurato su qualsiasi rivista di arredamento.

Una casa splendida a tratti fin troppo perfetta, si disse Meg. Mancava un pullover abbandonato su una sedia, o un quaderno fuori posto, o una tazzina da caffè dimenticata su un tavolo. Mancavano quelle "distrazioni" che in ogni abitazione lasciavano intuire la vita che vi si svolgeva dentro.

La soffitta di cui doveva occuparsi per la ristrutturazione era un ampio locale, con il tetto spiovente nel lato più lungo e vecchie travi di legno a vista.

Lo spazio era ingombro di vecchi mobili e scatoloni, ma dopo averlo svuotato non sarebbe stato complicato trasformarlo nella saletta di proiezione di cui il proprietario di casa aveva bisogno.

«Il signor Parker ha detto che può dare in beneficenza le cose in buono stato e buttare via il resto.»

Rose le comunicò l'informazione con un certo distacco, che però non riuscì a nascondere del tutto il suo rammarico.

«È sicura che me ne debba occupare io?» le chiese Meg, sconcertata.

«Questo è quello che il signor Parker mi ha incaricato di dirle.»

Senza aggiungere altro, Rose si allontanò.

Non era quello che si aspettava e, per come era fatta, lei non avrebbe permesso a qualcun altro di mettere mano al suo passato e ai suoi ricordi, ma avrebbe trovato il modo di riparlarne con David Parker.

Non aveva tempo da perdere e si dedicò a prendere le misure che le sarebbero servite per disegnare la piantina. Negli anni quella soffitta doveva essersi trasformata in un deposito per le cose che non servivano più, come capitava spesso in tutte le case. Ma era un peccato che uno spazio con quelle potenzialità venisse sprecato.

Mentre si aggirava con il suo misuratore laser, Meg si ritrovò a soffermarsi sulle scritte a pennarello di alcuni dei pacchi. *Abiti Vanessa, Scarpe Vanessa, Libri Vanessa...*

Ma non era tutto lì, scoprì poco dopo. In un angolo poco distante, scatoloni più nuovi portavano tracciato sopra il nome di Emily. *Vestiti Emily, Giocattoli Emily, Quaderni Emily...*

La richiesta di occuparsene lei e di disfarsi di tutto si faceva ancora più inquietante. David Parker aveva eliminato dalla sua vista tutto ciò che aveva avuto a che fare con sua moglie e con sua figlia. Ma neppure quello stratagemma doveva essere bastato se ora aveva deciso di trasformare la soffitta in una saletta di proiezione e liberarsi di ogni cosa.

Era una madre anche lei e non poteva non provare una profonda compassione per i tragici lutti che quell'uomo era stato costretto ad attraversare. La sua Charlene era di pochi anni più grande di Emily e nemmeno riusciva a immaginare come si sarebbe sentita se le fosse successo qualcosa.

Quella soffitta era un condensato di ricordi e di dolore. Doveva essere quello il motivo che aveva animato l'urgenza con cui David Parker voleva che lei si occupasse della ristrutturazione.

Con un profondo sospiro, determinata a non farsi sopraffare dalla tristezza, Meg decise di scendere di nuovo al piano di sotto. Aveva tutte le misure di cui aveva bisogno e continuava a non sentirsi a suo agio.

Quando tornò nello studio, per salutare il padrone di casa prima di andarsene, fece il possibile per dissimulare il suo turbamento.

«La soffitta è in buone condizioni ed è bene illuminata. Sarà perfetta come saletta di proiezione.»

«Pensavo di mettere un grande schermo, qualche fila di poltroncine, un mobile bar e una scaffalatura. Penso che come arredamento possa bastare.»

«Preparerò un progetto di massima e quando te lo sottoporrò mi dirai se stiamo procedendo nella direzione giusta. Hai una tua ditta che può occuparsi materialmente dei lavori o vuoi che incarichi persone di mia fiducia? Bisognerà fare nuove tracce elettriche e qualche piccola opera in muratura.»

«Occupati tu di tutto. Anzi, vorrei che mandassi subito qualcuno a sgombrare la soffitta...»

«Immagino che ci sarà qualcosa da mettere via e altri oggetti da buttare. Puoi prenderti qualche giorno di tempo, mentre metto giù qualche idea.»

Senza neanche ascoltarla, Parker cominciò a compilare un assegno.

«Pensaci tu. Appena possibile.»

Meg non poté che annuire, nonostante l'angustia che sentiva nel cuore. Perché la domanda che subito si fece strada tra i suoi pensieri riguardava l'ingombro dei ricordi e del dolore. Avrebbe liberato la soffitta dai vecchi mobili e dagli scatoloni. Ma questo sarebbe bastato a David Parker per dimenticare che solo quattro mesi prima sua figlia Emily, a soli dieci anni, era uscita da casa per festeggiare il 4 luglio e non vi aveva più fatto ritorno?

CAPITOLO 14

Il vento del pomeriggio aveva portato con sé un fitto nevischio che in poche ore aveva imbiancato le chiome degli alberi, le strade e i tetti delle case.

Il tenente Thomas Burns slalomò tra i colleghi al lavoro per i sopralluoghi, e raggiunse l'agente Jimmy Walsh, che stava finendo di interrogare una dipendente del *Martha's Vineyard Museum*. Senza dire una parola, si fermò accanto a loro e bevve un lungo sorso del caffè che aveva portato con sé per trovare un po' di conforto al freddo che lo assediava.

La giovane impiegata non mostrava di sapere granché di quello che era accaduto poco più di un'ora prima, ma appariva affranta e continuava a scusarsi, come se il fatto di non essersi accorta di niente la rendesse in qualche modo responsabile di quanto era successo.

Thomas Burns avrebbe voluto rassicurarla e dirle che era inutile che si portasse dietro quei sensi di colpa, come nei giorni a venire avrebbero fatto maestre, genitori e compagni di scuola. Ma l'unica cosa che fece fu scambiare un cenno di saluto con il suo sottoposto prima di avviarsi verso il giardino che circondava il museo.

Aveva già capito, per esperienza, che quella

conversazione non avrebbe aggiunto nuovi elementi alle loro indagini.

Il terreno ghiacciato scricchiolava sotto i suoi piedi e si ritrovò a riflettere su come i fatti criminosi trasformassero in un attimo i luoghi in cui venivano perpetrati.

Era come un velo scuro che all'improvviso avvolgeva tutto.

Burns gettò nel cestino il bicchiere del caffè ormai vuoto e sprofondò le mani nelle tasche per proteggerle dal freddo. Incurante del nevischio, che continuava a scendere fitto e gli bagnava il viso, seguì il percorso che gli studenti avevano seguito durante la visita. Passò davanti alla biblioteca, poi raggiunse la *Cook House* e i bassi edifici che ospitavano i reperti storici, in mostra per raccontare la vita dell'isola così come si svolgeva due, tre secoli prima. Immaginò le voci dei bambini, gli scherzi, l'allegria, il tono forse severo della maestra che cercava di mantenere un po' d'ordine.

E la piccola Heather?

A cosa pensava mentre si aggirava nel giardino e nelle sale del museo insieme ai suoi amici?

Con tutta la delicatezza necessaria quando si coinvolgevano nelle indagini bambini di quell'età, i suoi colleghi avevano cercato di ottenere qualche informazione dai compagni di classe di Heather. Il tempo non era dalla loro parte e non potevano permettersi di indugiare. Ma non era stato facile raccordare la vaghezza dei loro racconti.

Diversi compagni di classe avevano detto di ricordare Heather mentre visitavano la casa coloniale del '700 e anche mentre l'insegnante mostrava loro i vecchi prismi del faro di Gay Head. Dopo quel momento, non c'era alcuna concordanza nelle parole dei bambini.

La maestra si era accorta dell'assenza di Heather

nell'edificio successivo, quello che ospitava gli antichi veicoli dell'isola.

Tutto – quindi – doveva essere successo nel passaggio da un fabbricato all'altro.

Perché Heather si era attardata, invece di seguire i suoi amici? Cosa aveva attratto la sua attenzione? Chi aveva incontrato?

Quelle domande lo angustiavano, perché era troppo coinvolto nelle risposte che non aveva.

Heather non era passata davanti alla biglietteria, che rappresentava anche l'unica uscita del museo. L'impiegata non si era mossa dalla sua postazione e avrebbe notato una bambina che se ne andava in giro da sola. Certo la bassa palizzata di legno che circondava il giardino non era un ostacolo difficile da superare, se Heather avesse deciso di passare da lì.

Chi – nel caso – l'aveva spinta a farlo? O chi l'aveva trascinata via contro la sua volontà?

Continuava a sembrargli poco probabile che Heather Cummings avesse pianificato da sola una fuga dal museo. Tutti la descrivevano come una bambina timida e riservata. Nella foto che la madre aveva fornito agli investigatori, appariva anche più piccola dei suoi dieci anni.

I suoi colleghi avevano già ispezionato il giardino del museo in lungo e largo senza trovare indizi utili alle indagini, ma questo non esimeva Burns dal tentare ancora.

Presto avrebbe fatto buio. La temperatura, che già si aggirava intorno allo zero, nelle ore successive si sarebbe abbassata ancora. E tutto faceva supporre che quel nevischio si sarebbe trasformato in una poderosa tormenta di neve.

Perché mai, in una situazione come quella, Heather

Cummings avrebbe dovuto decidere di scapparsene via e di ritrovarsi in giro, da sola, al gelo?

«È una bambina tranquilla e obbediente» aveva continuato a ripetere la madre, in lacrime, ai suoi colleghi. «Ha paura di stare fuori da sola, al buio, di notte. E non se ne sarebbe andata senza dire niente alle maestre.»

Tanti anni di lavoro non lo avevano aiutato a fare il callo a quel tipo di disperazione. Genitori che la vita faceva precipitare all'improvviso nel dolore sordo e insopportabile di chi non sa dov'è finito il proprio figlio, né se mai potrà rivederlo.

Qualcuno aveva convinto Heather a seguirlo. Probabilmente qualcuno che Heather conosceva.

Burns aveva affrontato troppe indagini di quel tipo per nutrire dei dubbi in proposito e aveva abbastanza dimestichezza con le statistiche per sapere che, in un numero significativo di casi come quello, il crimine veniva perpetrato all'interno della famiglia.

Per questo gli si erano drizzate le antenne quando aveva saputo che i genitori di Heather si erano separati poco meno di un anno prima.

Si rese conto di essere tornato all'ingresso del museo e con lo sguardo si soffermò sui rari passanti che ancora si aggiravano lungo la School Street. Avrebbero fatto le ultime compere, sarebbero tornati a casa e avrebbero cenato con i loro cari. Poi – dopo aver magari organizzato mentalmente i loro impegni per il giorno successivo – sarebbero andati a dormire.

Quello che anche Theresa Cummings doveva aver fatto fino alla sera prima.

La vita poteva essere una faccenda "normale", e anche noiosa qualche volta.

Fino a che il rapimento di tuo figlio non irrompe a sconvolgerla, ricordandoti quale cosa labile sia l'esistenza...

Burns si augurava di potersi biasimare per quell'eccesso di pessimismo, ma non aveva sensazioni piacevoli sulla scomparsa della piccola Heather. Forse perché ne aveva già visti troppi di casi come quello.

Quando aveva chiesto il trasferimento dalla *Criminal Investigation Division* dell'Fbi, non credeva che sarebbe capitato ancora. Per anni si era occupato delle giovanissime vittime di abusi, omicidi e rapimenti. Ed era diventato bravo nel suo lavoro. Poi aveva deciso di abbandonare tutto.

Era stato dopo il caso di Allison Mitchell.

Aveva capito che stava per crollare e aveva deciso di chiedere il trasferimento.

Aveva cercato un posto tranquillo e la sua scelta era caduta sul Dipartimento di Polizia di Edgartown.

L'unico sequestro di bambini che aveva coinvolto direttamente la comunità dell'isola era stato quello del vecchio caso Lindberg. Il figlio del famoso aviatore non era neppure stato rapito a Martha's Vineyard, ma era lì che era stato ritrovato morto dagli investigatori nel 1932.

Storia.

L'estate prima era anche scomparsa la figlia di David Parker, uno dei produttori più famosi di Hollywood. Ma nonostante la posizione economica del padre all'inizio avesse fatto temere un rapimento, le indagini avevano accertato che la piccola Emily Parker era scappata di casa e che la fatalità e l'inesperienza l'avevano fatta precipitare dalla scogliera di Aquinnah.

Il tenente Thomas Burns soffiò sulle mani, intrecciate tra loro davanti alla bocca, per tentare di scaldarle con il suo respiro. La temperatura si era ulteriormente abbassata e gli abiti ormai bagnati peggioravano la situazione.

Pensò che un'altra angustia avrebbe tormentato la madre di Heather. Dov'era la sua bambina? Come avrebbe fatto a sopportare tutto quel freddo, e come si sarebbe riparata dalla neve?

Ma quel dolore sarebbe stato niente rispetto a come si sarebbe sentita se non fossero riusciti a trovarla prima che le succedesse qualcosa.

E il padre?

Aveva chiesto ai suoi sottoposti di investigare e aveva saputo che c'erano stati pesanti dissapori tra marito e moglie e che Paul Cummings aveva perso il diritto di visita alla bambina dopo averne picchiato la madre durante una lite.

Nella sua deposizione Theresa Cummings aveva dichiarato che non lo sentiva dall'ultima volta che aveva telefonato, per salutare Heather, tre o quattro giorni prima. Adesso i suoi colleghi del Dipartimento di polizia di Boston – città in cui Paul Cummings si era trasferito sei mesi prima – stavano cercando di rintracciarlo.

Poteva quell'uomo essere coinvolto nel rapimento di sua figlia?

Al momento tutte le piste investigative erano ancora aperte e non sarebbe stata la prima volta che un genitore cercava di aggirare le restrizioni del tribunale.

Si era illuso che venendo via da Washington si sarebbe liberato dai suoi fantasmi. E invece...

L'improvvisa fitta allo stomaco gli segnalò che la sua gastrite si stava rifacendo viva. Erano passati mesi da quando aveva lasciato l'Fbi e la sua squadra, ma era chiaro che non aveva messo ancora abbastanza distanza tra lui e quella parte del suo passato.

Aveva intrapreso un lungo percorso con la psicologa del Federal Bureau. Aveva cambiato Stato, casa e Dipartimento. Ma forse non era bastato.

Adesso, però, doveva solo concentrarsi sul caso, si esortò. Perché nessuno più di lui sapeva quanto le prime ventiquattr'ore dalla scomparsa di un bambino fossero importanti per nutrire la speranza di poterlo ritrovare ancora vivo.

CAPITOLO 15

31 ottobre

Nora versò il tè caldo nelle tazze e le sistemò su un vassoio che trovò nella credenza. Pensò di aggiungere qualche biscotto, anche se aveva poche speranze che qualcuno se ne sarebbe accorto o avrebbe avuto voglia di mangiarli. Il dolore si era addensato in ogni più piccolo anfratto di quella casa e rendeva collosi i pensieri e inutili i gesti.

Theresa sembrava invecchiata di anni e niente poteva descrivere quello che stava attraversando.

«Bevi un goccio di tè» la esortò, allungandole la tazza.

«Ti ringrazio per tutto quello che stai facendo. Ma, scusami, non ne ho voglia.»

Aveva le braccia abbandonate sul grembo e occhiaie cerchiate di grigio.

Judith scambiò uno sguardo con Nora, quindi prese la tazza e la allungò alla sua amica.

«Devi provarci, Theresa. Non puoi permetterti di crollare.»

«Come posso starmene qui a bere tè mentre la mia Heather è da qualche parte, sola e spaventata? Magari le hanno fatto del male. Ha bisogno di me e io non ci sono.»

Aveva gli occhi rossi e gonfi, e non riusciva a smettere di tormentarsi le mani.

«La polizia sta facendo tutto il possibile» cercò di incoraggiarla Nora. «Hanno continuato le ricerche per tutta la notte e non smetteranno finché non l'avranno trovata.»

Anche se le parole sembravano inutili, la speranza era l'unico rifugio per impedire alla disperazione di dilagare.

«Te la riporteranno» sussurrò Judith, cercando di infondere coraggio alla sua amica.

Erano arrivate a casa di Theresa la sera prima, non appena avevano saputo, e, come lei, non avevano chiuso occhio per tutta la notte.

Lo strazio del pianto era stato ininterrotto, ritmato solo da brevi momenti in cui Theresa sembrava essersi assopita. Ma poi la smania nelle gambe riprendeva e Theresa si alzava, andava alla finestra, si rinchiudeva nella cameretta di Heather per stringere i suoi giochi e annusare i suoi vestiti.

Aveva mostrato loro la maschera da strega che Heather aveva scelto per festeggiare Halloween con le sue amiche e che quel giorno non avrebbe indossato.

La verità era che non esistevano argomenti sensati per consolare quella disperazione. Tutto quello che loro due potevano fare per lei era "esserci", offrirle la loro spalla, accertarsi che si ricordasse di mangiare. Non c'era un modo per dare sollievo a tanto dolore. Perché l'unico sollievo possibile era che sua figlia tornasse a casa sana e salva.

Durante la notte avevano lasciato che Theresa parlasse di Heather, avevano condiviso con lei ricordi e speranze. E la domanda che più si agitava tra i pensieri di Nora aveva trovato una risposta.

Aprile era il mese in cui Heather festeggiava il suo

compleanno. Lo aveva saputo mentre Theresa le mostrava una foto in cui sua figlia, davanti a una meravigliosa torta a forma di fiocco, spegneva le candeline.

Deve ricordarsi di April.

Tutto sembrava dire che fosse quella la spiegazione del messaggio che Debbie le aveva comunicato solo un giorno prima.

Il caso non esiste, si ripeté Nora per l'ennesima volta.

Qualcosa si era messo in movimento e anche se ancora non sapeva di cosa si trattasse, per il momento non poteva che seguirne il flusso.

Osservò Theresa mentre si impegnava a mandare giù un paio di sorsi di tè. Apprezzò il suo sforzo, così quando le restituì la tazza la gratificò con un sorriso.

«Non è molto, ma per il momento può bastare. Magari ne preparerò dell'altro più tardi.»

Il suono del campanello le colse impreparate. Erano appena le sei del mattino, aveva smesso di nevicare da poco ed era ancora buio. Le buone notizie sarebbero arrivate in un altro modo, non con la formalità di una visita – si scoprì a pensare Nora – e scorse anche nello sguardo di Judith il timore delle parole che non avrebbero potuto evitare, una volta aperta la porta.

Theresa doveva aver fatto lo stesso pensiero ed era impallidita.

«Mio Dio... Se è successo qualcosa a Heather...»

Chiuse gli occhi e si rintanò in un angolo del divano, come se bloccando quel momento fosse possibile ricacciare indietro le brutte notizie.

Nora comprese che non aveva senso aspettare. Chiunque avesse suonato il campanello, stava congelando lì fuori. Quando aprì la porta d'ingresso, si ritrovò davanti un uomo dai capelli brizzolati, portati corti, con il profilo leggermente aquilino e occhi scuri che sembravano scolpiti nel viso.

«Tenente Thomas Burns» si presentò.

Nora studiò il suo sguardo per cercare di capire di quale tipo di notizie fosse portatore, ma non riuscì a leggervi che la stanchezza. Di sicuro non era lì perché avevano ritrovato Heather sana e salva.

Alle sue spalle tutto era coperto di neve e le strade sembravano ancora impraticabili. Solo in lontananza Nora distinse le luci degli spazzaneve, che dovevano essere entrati in azione non appena la tempesta si era placata. In quelle condizioni, non doveva essere stato facile arrivare fin lì e le occhiaie del tenente Burns rivelavano che anche la sua notte era stata insonne.

Nora si rese conto di averlo tenuto sulla porta, al gelo.

«Si accomodi. Ho appena preparato del tè. O preferisce una tazza di caffè?»

«Il tè è perfetto, grazie. Qualcosa di caldo è proprio quello che ci vuole.»

Una volta in casa, Thomas Burns cercò con gli occhi Theresa e andò a sedersi accanto a lei, che lo guardava sgomenta senza trovare il coraggio di chiedergli niente.

«Purtroppo non ci sono ancora novità, signora Cummings. Ma i miei uomini sono ancora al lavoro per cercare Heather» si affrettò a dirle.

Theresa gli afferrò le mani e gliele strinse forte.

«È solo una bambina. Ha bisogno di me, e di dormire al caldo nella sua cameretta.»

Burns annuì. «Faremo il possibile per riportarla a casa.»

Judith allungò il tè al tenente, che afferrò la tazza e ci si scaldò a lungo le mani.

La notte appena trascorsa non doveva essere stata facile per lui.

«Heather ha un account su Facebook o su qualche

altro social network? Frequenta qualche chat?» chiese poi alla madre.

«No, nessun social network e nessuna chat. Heather non ha un computer e nemmeno un cellulare. Non guadagno abbastanza da potermeli permettere e mi sembra comunque troppo presto, ma tutte le sue amiche hanno un telefonino, così le ho promesso che quest'anno per la promozione glielo avrei comprato.»

Al pensiero che forse quel regalo non avrebbe più potuto farglielo, la disperazione si impadronì di Theresa.

«La mia bambina…»

«Heather avrà quel telefonino» affermò Judith con la determinazione che le era propria.

«L'accompagnerò io stessa a scegliere il modello che preferisce appena tornerà a casa» le fece eco Nora.

Theresa annuì senza troppa convinzione e si asciugò le lacrime.

Il tenente tornò a stringerle le mani.

«Stiamo facendo tutto il possibile, ma abbiamo bisogno del suo aiuto.»

Theresa annuì con espressione vacua e Nora temette che potesse essere allo stremo.

«In cosa possiamo aiutarvi?» intervenne Judith.

«Abbiamo bisogno di conoscere tutti i posti che Heather frequentava e le persone che in qualche modo sono state in contatto con lei. Ci aiuterebbe anche sapere se è accaduto qualcosa di insolito negli ultimi giorni. A casa, o a scuola...»

Theresa sembrava sorpresa dalla possibilità che qualcuno potesse aver progettato di fare del male a Heather per qualcosa che aveva a che fare con la loro vita di tutti i giorni.

«Niente di strano. O perlomeno io non mi sono accorta di niente» rispose. «Vorrei tanto potervi essere d'aiuto» aggiunse poi, accorata.

Nora la incoraggiò. «Non importa, Theresa. Sai che facciamo? Ci lavoriamo un po' insieme e annotiamo qualsiasi cosa ti venga in mente. A volte, anche particolari apparentemente di nessuna importanza alla fine possono rivelarsi utili alle indagini. Vero, tenente?»

Judith cercò una penna in cucina e prese il piccolo taccuino accanto al telefono.

«Ti aiuteremo noi. Non preoccuparti.»

Burns annuì soddisfatto. «Sarebbe perfetto. Parlandone insieme, potrebbero venire fuori più dettagli. La cosa migliore sarebbe fare due liste diverse. Una per gli incontri quotidiani, quelli consueti. Tipo: le maestre, il personale della scuola, la cartoleria dove magari comprate i quaderni, il negozio dove fate la spesa... Poi sarebbe utile anche un'altra lista dove provare a ricostruire qualsiasi altro avvenimento: il fattorino venuto a consegnare un pacco; qualcuno con cui lei ha magari litigato per motivi di lavoro o per un parcheggio; qualcosa di insolito che Heather ha detto o fatto negli ultimi giorni... Insomma, tutto quello che le viene in mente.»

Theresa annuiva, ma appariva molto stanca.

«Ci metteremo subito al lavoro» confermò Nora.

Thomas Burns sembrò lasciare andare a malincuore il tepore della tazza di tè e si alzò dal divano.

«Siamo riusciti finalmente a contattare il suo ex-marito» aggiunse prima di uscire.

E Nora comprese che non doveva essere stato un passo secondario nelle indagini. Dopo la separazione, i rapporti tra Theresa e Paul Cummings erano stati molto tesi e la polizia doveva aver pensato che potesse esserci il suo zampino nella scomparsa della bambina.

«Cosa ha detto Paul? Sa niente di Heather? Avete controllato a casa sua? Quando si è trasferito a Boston, voleva portare Heather con sé. Si è arrabbiato tanto quando il giudice ha affidato a me la custodia. Magari l'ha presa lui...»

«È la prima cosa che abbiamo pensato anche noi, ma il suo ex-marito non sapeva niente di Heather. Gli abbiamo dato noi la notizia. E ha un alibi sicuro, visto che è in prigione da ieri mattina per guida in stato d'ebbrezza.»

Questo significava che la pista più facile da seguire – di certo la meno pericolosa per Heather – si era risolta in un niente di fatto, comprese Nora. E lesse sul viso teso del tenente Burns che le ipotesi che rimanevano sul tavolo erano molto meno rassicuranti.

CAPITOLO 16

Mentre finiva di rifilare la bassa siepe di bosso, Frank Carson non riusciva a smettere di pensare al visino spaventato di Heather Cummings e al senso di potere che gli dava l'essere l'unico a sapere dove si trovasse.

L'isola era in subbuglio e sentiva sul collo il fiato della polizia. C'erano agenti ovunque e non si parlava di altro.

Aveva fatto una sciocchezza di cui si sarebbe pentito per sempre?

No, nessuno avrebbe capito. Non avevano sospettato di lui per le altre due bambine e anche stavolta l'avrebbe fatta franca.

Per tutti non era che un fallito, capace solo di tagliare rami, strappare erbacce e pulire i giardini degli altri. Come sua madre, si spaccava la schiena per pochi spiccioli. Lui si era illuso di potersi ritagliare un futuro migliore, ma quando al *Martha's Vineyard Hospital* si erano accorti che aveva contraffatto la valutazione sul suo diploma di infermiere lo avevano licenziato in tronco. Dopo solo due giorni.

In fondo perché il figlio di una donna che aveva fatto la cameriera per tutta la vita avrebbe dovuto aspirare a qualcosa di più?

Così era tornato a elemosinare qualche lavoretto qua e là, tra i ricchi proprietari delle ville di The Vineyard, per mettere insieme un misero stipendio a fine mese.

Se solo avessero saputo...

Era rimasto piacevolmente sorpreso dal sangue freddo e dalla prontezza di spirito che aveva tirato fuori per convincere la piccola Heather a seguirlo. Stava passando per caso accanto al museo e l'aveva vista in giardino. Si era attardata per giocare con un gatto randagio ed era rimasta sola. Il piano era nato in un attimo. Le aveva detto che sua madre aveva avuto un incidente e che l'avrebbe accompagnata da lei in ospedale. Subito. Le maestre sapevano già tutto e non c'era bisogno di avvisarle.

La prima volta che l'aveva fatto, quando aveva rinchiuso Emily nello scantinato, era dovuto correre in bagno per vomitare, tanta era la tensione accumulata.

Lui, proprio lui, il "povero Frank", aveva rapito una bambina.

Ma che sensazione di onnipotenza subito dopo! Il solo ricordo gli procurò una vertigine.

Si rese conto che le spalle gli dolevano e si fermò un attimo per riposare.

Quel lavoro era troppo duro per lui. Sempre con le mani sporche di terra e la schiena bassa.

Era proprio necessario rapire Heather Cummings?, non poté evitare di chiedersi ancora.

Ma l'occasione era stata troppo ghiotta per resistere.

La verità era che il momento di liberarsi di Emily si stava avvicinando.

Il fatto che David Parker fosse tornato a The Vineyard non gli piaceva. Era un uomo troppo potente e se solo avesse avuto il minimo sospetto che sua figlia non era morta...

Per quanto gli dispiacesse per la sua *bambolina*, avrebbe soffocato Emily con un cuscino e l'avrebbe buttata in mare di notte. Le correnti dell'oceano l'avrebbero portata lontano e sarebbero passati mesi prima che ne ritrovassero il corpo... o quello che ne rimaneva.

Ma almeno ci sarebbe stata Heather a prendersi cura di lui.

Sarebbe andato tutto bene. Doveva stare tranquillo. Lo scantinato non era registrato in alcun documento ufficiale e nessuno ne conosceva l'esistenza. Se anche fossero andati a bussare a casa sua, non avrebbero mai trovato le bambine.

I lavori di ampliamento della proprietà erano stati fatti di nascosto da suo nonno, almeno una cinquantina di anni prima, e la porta per scendere al piano inferiore era occultata dietro una libreria.

Quando era bambino, quella parte della casa era *off limits* per lui e si chiedeva spesso cosa ci fosse in quella stanza insonorizzata dove suo padre trascorreva diverse ore al giorno.

Con il senno di poi, avrebbe voluto non aver mai trovato il coraggio di fargli quella domanda.

«Ormai sei abbastanza grande per sapere. Domani scenderai con me» aveva risposto suo padre.

Quella notte aveva faticato a prendere sonno. Chissà perché, invece di appagarlo, quella promessa gli aveva lasciato dentro uno strano malessere.

Quando era arrivato il momento, suo padre lo aveva guidato attraverso una breve rampa di scale e si erano ritrovati in un locale squallido e maleodorante, con al centro un grande tavolaccio di legno. C'erano dei ganci appesi al muro e un grande frigo in un angolo.

Se non avesse temuto di deludere suo padre, avrebbe assecondato il profondo disagio e l'ansia che sentiva e sarebbe scappato via.

Non si era accorto subito del maialino che grugniva in un angolo. Ma tutto quello che seguì al momento in cui suo padre indossò il grembiule di plastica e prese in mano un grosso coltello fu un incubo da cui per anni non riuscì a liberarsi.

Aveva pianto e vomitato, e per qualche giorno aveva avuto la febbre alta.

Quella sera aveva sentito suo padre e sua madre litigare.

«È ancora presto. Perché l'hai portato nello scantinato?»

«Gli passerà.»

«È solo un bambino. Non è pronto.»

«Però non fate tanto gli schifiltosi quando siete a tavola, eh?»

La discussione si era chiusa lì.

Quella notte, prima di andare a dormire, suo padre era entrato nella sua cameretta e si era seduto sul letto. Frank aveva fatto finta di dormire, ma lui doveva sapere che era ancora sveglio.

«Sei stato per troppo tempo dietro le gonne di tua madre. È arrivato il momento di crescere. Non mi serve un'altra femmina in casa. Da domani mi aiuterai anche tu.»

Quell'orrore non era durato a lungo, perché qualche mese dopo suo padre aveva fatto le valigie e se n'era andato via.

Era rimasta sua madre. Ma la vita era stata troppo dura con lei. Per anni si era spaccata la schiena per provvedere a tutti e due, e quando si era ammalata aveva richiesto indietro tutto quello che gli aveva anticipato.

Il dolore improvviso gli arrivò come una fitta al cervello. Quando abbassò gli occhi, Frank si accorse del sangue che gli sgocciolava dal palmo della mano. Aveva stretto troppo forte le cesoie e la ferita che si era fatto il giorno prima affilando il coltellino per gli innesti si era riaperta.

«Ma che diavolo ha fatto?!»

Il tono brusco di quel rimprovero lo colse di sorpresa.

Riconobbe la voce di David Parker e per un attimo pensò che si fosse accorto della ferita.

«Vuole rovinare tutta la siepe?» concluse invece Parker, un attimo dopo.

Doveva averlo tenuto d'occhio dalla finestra e si era preso la briga di uscire senza cappotto, nonostante il freddo, per lamentarsi del suo lavoro.

Perso in quei ricordi spiacevoli, non si era accorto di aver esagerato con le cesoie e proprio davanti a lui la linea della siepe si abbassava in un avvallamento deciso.

«Mi dispiace, ma c'erano delle parti secche. Vedrà che ricrescerà presto.»

Nascose la mano dietro la schiena, perché Parker non si accorgesse del sangue e sostenne il suo sguardo.

«Mai nessuno che sia capace di ammettere di aver sbagliato. Mi sembra ovvio che dovrà rimediare pareggiando il resto della siepe. E non ci pensi nemmeno a chiedermi degli straordinari per questo.»

Rimanendo a osservarlo mentre con passo deciso tornava verso *Promises House*, Frank non riuscì a trattenere una smorfia beffarda.

«Puoi fare il prepotente quanto vuoi, caro il mio signor Parker. Ma a pagarne le spese sarà solo tua figlia» sussurrò tra i denti.

E quasi gli dispiacque di dover tenere quel segreto per sé.

CAPITOLO 17

Era quasi mezzogiorno quando Nora entrò nella sala da tè di Donna Lee, scrollandosi la pioggia di dosso. La neve era solo un ricordo, ma nelle ultime due ore era stata sostituita da un vero nubifragio.

Thomas Burns era già seduto a un tavolo accanto alla vetrina, davanti a una tazza di caffè, e la salutò con un cenno.

Il modo in cui si era preso a cuore il caso di Heather le faceva pensare che, oltre a essere un bravo investigatore, fosse una persona per bene.

«Grazie per aver aiutato la signora Cummings a preparare la lista» la salutò, spostando la sedia per farla accomodare.

«Abbiamo fatto prima possibile» gli rispose Nora, allungandogli i fogli, che subito Burns si mise a controllare. «Spero che questo aiuti le indagini.»

«È un ottimo lavoro e il suo intervento è stato prezioso. In queste occasioni i genitori sono così travolti da quello che è successo da non riuscire a fare mente locale sulle cose più semplici. Ma il tempo, in questo tipo di indagini, è un elemento d'importanza vitale.»

Alzò lo sguardo dalla lista e le chiese: «Ha già

pranzato? Cosa le posso offrire?».

«Una tazza di tè andrà bene.»

«Non vuole proprio farmi compagnia? È l'unico momento della giornata in cui avrò la possibilità di mettere qualcosa sotto i denti.»

«D'accordo. Allora una fetta di *cheesecake*.»

Burns richiamò l'attenzione della ragazza che serviva ai tavoli e ordinò il dolce, insieme a un paio di sandwich per sé.

«Non conoscevo questo posto, ma mi piace molto. Ha fatto bene a darmi appuntamento qui» disse poi a Nora.

«È la mia sala da tè preferita.»

Nora notò che il tenente consultava spesso il cellulare, forse per controllare l'ora o l'arrivo di messaggi, e comprese quanto si sentisse in colpa a stare lontano dalla zona operativa delle indagini. Guardandolo si confermò anche l'opinione che si era fatta qualche ora prima: non doveva aver dormito granché quella notte e quei sandwich dovevano essere quanto di più simile a un pasto si fosse concesso nelle ultime ventiquattr'ore.

Dal pomeriggio precedente il suo pensiero fisso non doveva essere stato che il rapimento di Heather.

«Avete trovato qualche nuovo indizio?»

«C'è una gioielleria a un centinaio di metri dal museo, tra School Street e Ben Street. Hanno installato da poco delle telecamere a circuito chiuso. I miei uomini stanno controllando il girato. Speriamo di trovarvi qualcosa di utile.» Fece un profondo sospiro. «Tolta la pista dell'ex-marito non ci è rimasto molto. E capirà che tutte le altre ipotesi non sono piacevoli.»

Già. Considerando che Theresa non sarebbe stata in grado di pagare un riscatto, e quindi non era molto probabile che si trattasse di un rapimento a scopo di estorsione, tutte le altre possibilità apparivano decisamente più inquietanti.

Forse Burns si pentì di aver permesso che il suo pessimismo prendesse il sopravvento. Accennando ai fogli che Nora gli aveva portato, aggiunse: «Ma spero che qui dentro ci sia qualche nuova pista. Controlleremo alibi e movimenti di tutti i nomi che avete scritto. Avete fatto un ottimo lavoro».

«Farei qualsiasi cosa per aiutare Theresa a ritrovare sua figlia.»

Tanto più che sono già molto coinvolta in questa storia, pensò Nora.

Ma di certo non poteva parlare a quell'uomo che conosceva appena del suo *dono* e del messaggio di Debbie.

Spiriti e messaggi dall'aldilà. Non erano un argomento per tutti.

Lo osservò giocherellare con un pacchetto di sigarette ancora sigillato, ma consumato negli angoli.

Doveva averlo tenuto in tasca per un po'.

«Ha intenzione di riprendere a fumare?»

Thomas Burns parve sorpreso.

«Da cosa ha capito che ho smesso?»

Nora accennò al pacchetto. «Lo deve aver comprato da un po', ma per il momento è riuscito a non aprirlo.»

«Prima di trasferirmi qui a The Vineyard fumavo parecchio.»

L'arrivo della cameriera con le ordinazioni interruppe per un attimo la loro conversazione.

«Cos'è che l'ha portata a considerare l'idea di riprendere? A fumare, dico» chiese Nora, non appena la ragazza si fu allontanata.

«Il caso. La tensione per le indagini che non decollano. Se non ritroviamo la bambina...»

Lasciò quella frase a metà.

«Non siamo onnipotenti.»

Il tenente Burns la scrutò a lungo prima di dirle: «Lei si accontenta di non esserlo in situazioni come questa, signora Cooper?».

Fu solo un po' sorpresa che, nonostante si conoscessero da poco tempo, quell'uomo avesse già capito quali fossero le sue priorità.

«No. A essere sincera, non mi accontento.»

«Neanch'io.»

Burns si portava dietro una sofferenza, nello sguardo, che sembrava quella di una ferita ancora aperta. E Nora comprese che non avrebbe lasciato nulla di intentato per riuscire a riportare Heather, sana e salva, tra le braccia di sua madre.

CAPITOLO 18

«Davvero hai così tanta paura di me, nonna?» ridacchiò Jason, soddisfatto.

Era molto orgoglioso del costume da zombie che aveva scelto per festeggiare il giorno di Halloween e da una buona mezz'ora passeggiava lungo William Street con espressione torva e una bava di sangue finto al lato della bocca.

«Cerco di ricordare che sotto quell'aspetto terrificante c'è il mio amato nipotino, altrimenti non potrei resistere all'impulso di scappare. Visto che è quello che vuoi, penso di farti un complimento dicendoti che oggi sei davvero mostruoso.»

L'espressione di Jason era trionfante. «Il motivo per cui mi danno tanti dolcetti.»

Per fortuna nel tardo pomeriggio la pioggia si era placata e Nora aveva potuto mantenere la promessa, fatta ai suoi nipotini, di accompagnarli a Vineyard Haven, mentre Meg si ritagliava qualche momento di lavoro per la ristrutturazione della soffitta di *Promises House*.

William Street era un luogo ideale per fare "dolcetto o scherzetto?". I giardini erano decorati da zucche, ragnatele, scheletri e fantasmi. E i padroni di casa erano organizzati con ampie scorte di caramelle da offrire ai bambini.

Per rendere la zona più sicura, come tutti gli anni, il capo della polizia di Tisbury aveva fatto chiudere le vie adiacenti.

Nora aveva deciso di accompagnare i nipoti indossando un cappello da strega. Si voltò per controllare Charlene, che a undici anni si sentiva troppo grande per stare insieme a quei "mocciosi" dei fratelli e li seguiva a qualche passo di distanza con il suo costume da diavoletta.

Alex, accanto a Jason, rideva rumorosamente mentre se ne andava in giro con la sua finta accetta piantata nella testa.

L'immagine della maschera di Heather sul letto della sua cameretta la riempì di malinconia. C'erano tanti bambini felici intorno a lei, ma non Heather, che stava attraversando il suo inferno.

L'atmosfera di William Street era festosa, eppure non era la stessa degli altri anni. Il fatto che alcuni agenti in divisa si aggirassero tra la folla era il segno che il momento della fiducia era finito.

Heather era scomparsa da non più di ventiquattr'ore e il male aveva fatto la sua prepotente irruzione su quell'isola felice.

In un fitto giro di telefonate, le famiglie avevano deciso di non rimandare i festeggiamenti per Halloween per non aumentare l'ansia dei bambini, che si sarebbero chiesti perché all'improvviso il loro mondo non fosse più sicuro. Ma la sorveglianza delle forze di polizia era stata intensificata.

«Guarda anche stavolta che bottino, nonna!»

Jason era tornato dalla nuova casa in cui si era affacciato per il suo "dolcetto o scherzetto?" e le stava mostrando soddisfatto il sacchetto pieno di caramelle.

«Devi averli spaventati a morte» si congratulò Nora.

Lo squillo del cellulare arrivò prima che riuscisse ad avvisare i suoi nipoti che il tempo a disposizione per il loro giro di Halloween era quasi finito e che era ora di tornare a casa per la cena.

Rispose al telefono, contenta che si trattasse della sua amica.

«Come stai, Debbie?»

«È una buona giornata. Mi sono svegliata piena di energie e di progetti e non voglio chiedermi come mi sentirò domani.»

«Un'ottima prospettiva. Il "qui e ora" è la mia filosofia preferita.»

Ed era davvero contenta del tono sollevato della sua amica. Sapeva che "momenti sì" e "momenti no" si sarebbero ancora alternati. Ma intanto nella tristezza si aprivano spiragli di luce.

«Sai, Nora? Ho capito che possono esistere tanti motivi per essere tristi, ma che non c'è bisogno di un motivo per essere felici.»

«Se fossi accanto a te, ti abbraccerei.»

«Tornerò presto a trovarti, per riscuotere il mio abbraccio. Però non è solo per questo che ti ho chiamato. Ti ricordi del messaggio di David?»

«Certo che lo ricordo.»

Nora si fermò in mezzo alla strada, impaziente di ascoltare ciò che Debbie aveva da dirle. Visto che ormai era abbastanza convinta che le parole di David riguardassero il rapimento di Heather, sperava potesse trattarsi di qualcosa che avrebbe aiutato le indagini.

«Ho sentito e risentito il nastro, perché c'erano delle parti incomprensibili. Oltre a quello di cui ti ho già parlato, ho distinto una nuova parola che faceva parte dello stesso messaggio: "girasole". Non so a cosa si riferisca, ma forse prima o poi, legandolo a un contesto, tu potrai capirlo.»

Girasole. Un nuovo pezzo di puzzle.

Nora ringraziò Debbie e la salutò, promettendole di richiamarla presto.

Poi si soffermò a pensare. Cosa poteva avere a che fare un girasole con il rapimento di Heather? Quale nuova prospettiva poteva portare nelle indagini?

Qualcuno "dall'altra parte" voleva che lei si soffermasse anche su quella parola. Non sapeva perché, ma questo significava che poteva – e doveva – fare qualcosa per Heather. Qualcosa che aveva a che fare con la parola *girasole*.

Qualche volta avrebbe voluto che le cose fossero più semplici, ma sapeva che la soluzione non poteva esserle offerta su un vassoio d'argento. Esisteva un disegno spirituale, che riguardava le singole esistenze, con le sfide, le lezioni da imparare, le esperienze dolorose da attraversare. Ed esisteva il libero arbitrio.

Dopo aver riposto il cellulare nella borsa, Nora ne tirò fuori le chiavi della macchina.

«Andiamo ragazzi. Abbiamo preso abbastanza freddo e i cestini dei dolci sono pieni. È ora di tornare a casa.»

«Posso mettermi io davanti?» propose subito Jason.

«Sempre voi due. Se non ci vai tu, ci va Alex. E a me non tocca mai.»

Il silenzio che prese il posto del commento sprezzante che Alex avrebbe, di sicuro, rivolto a Charlene, fece bloccare Nora in mezzo alla strada.

Alex...

Si guardò intorno e cercò suo nipote fra i tanti mostri che si aggiravano in William Street.

«Dov'è Alex?!»

Charlene fu sorpresa dalla sua agitazione.

«Non lo so. Ha visto un compagno di classe sull'altro marciapiede e voleva che lo accompagnassi. Stavo parlando con Mary Beth e gli ho detto di aspettarmi. Ma lui non fa mai quello che gli si dice.»

Nora trascinò con sé Jason e Charlene e attraversò la strada. C'era tanta gente e non riusciva a vedere suo nipote. Avrebbe dovuto distinguerlo per la grossa accetta che gli sporgeva dalla testa.

Come aveva potuto perderlo di vista? Era solo un bambino.

«Alex!» lo chiamò.

Jason e Charlene erano ammutoliti. Non erano abituati a vederla tanto alterata solo perché, come capitava spesso, ancora una volta Alex aveva fatto di testa sua.

Loro non sapevano di Heather, né del folle che l'aveva rapita e che forse poteva essere lì intorno, pronto a fare del male anche ad altri bambini.

Era stata al cellulare con Debbie solo un paio di minuti e Alex sembrava essersi dissolto nel nulla.

Nora decise di tornare indietro, nel punto in cui si era distratta con la telefonata, costringendo Jason e Charlene a starle incollati.

Chiese a chiunque incrociasse se avesse visto un bambino con un'accetta in testa e un giaccone di pile nero con il cappuccio. Non poteva perdonarsi di averlo perso di vista. Non dopo quello che solo due giorni prima era successo a Heather.

Magari chi l'aveva rapita non era soddisfatto e aveva scelto una nuova preda.

«Alex!» chiamò ancora.

Poi vide in fondo alla strada uno degli agenti di polizia che pattugliavano la zona e decise di raggiungerlo.

«C'era un bambino con me... mio nipote Alex. Aveva

un costume con un'accetta in testa. Ha i capelli castani e indossa un paio di jeans e un giaccone di pile con il cappuccio» snocciolò tutto d'un fiato.

«La stavamo cercando, signora Cooper.»

L'espressione di Nora si fece confusa, mentre ascoltava l'agente concludere: «... suo nipote l'ha descritta molto bene».

Un piccolo movimento e Nora vide finalmente, solo un passo più in là, l'espressione furbetta di Alex, che aveva usato il cappello del poliziotto per metterci dentro altre caramelle.

Si chinò e lo abbracciò, forse con troppa foga.

«Mi hai fatto prendere un grande spavento. Non farlo mai più.»

«Ho salutato il mio compagno di classe e quando mi sono girato non vi ho più visti. Allora sono venuto dall'agente Hollister a chiedere aiuto. Mi hai detto tu di fare così, quando mi perdo.»

Il poliziotto sorrise.

«Ho fatto bene, nonna?» chiese ancora Alex, per essere rassicurato.

«Hai fatto benissimo. Grazie, agente Hollister.»

Mentre si allontanava con i suoi nipoti per raggiungere la macchina, Nora fece il possibile per mettersi alle spalle l'ansia e la paura. Tutto si era risolto per il meglio, ma non poté fare a meno di pensare all'angoscia della mamma di Heather, che al momento niente poteva lenire.

Per un attimo le tornò in mente la sensazione di minaccia incombente che pochi giorni prima aveva percepito mentre camminava sulla spiaggia. Poteva trattarsi del presentimento di quello che poi era successo a Heather?

E il girasole di cui le aveva appena parlato Debbie? Cosa poteva avere a che fare con quella brutta storia?

Niente, a quel punto, era certo come il fatto che Heather avesse bisogno di aiuto.

Ma quella era la notte in cui gli spiriti erano più vicini alla terra, si disse Nora. E forse qualcuno di loro avrebbe ascoltato le sue richieste, e quelle di Theresa Cummings.

CAPITOLO 19

Il *Chesca's*, a Edgartown, era proprio come lo ricordava. Le sedie bianche a dondolo nel portico, l'insegna con la scritta dorata e le losanghe, l'arredamento sobrio e le candele sui tavoli. Cenava spesso lì, quando si trovava a Martha's Vineyard. Ne amava soprattutto la cucina italiana, l'atmosfera accogliente e la sensazione di "essere a casa".

«Buonasera, signor Parker. Ho preparato per lei il solito tavolo.»

Mentre gli servivano un bicchiere di Sauvignon per ingannare l'attesa, David si augurò che una buona cena e un buon vino avrebbero fatto miracoli sul suo umore.

La telefonata a William Bradley era stato l'ultimo, disperato, tentativo di salvare il suo film e la sua vita. Odiava quell'uomo e forse lui lo odiava altrettanto, ma fare affari insieme non aveva niente a che vedere con la simpatia.

Aveva saputo dal suo organizzatore che era appena saltato un film che Bradley avrebbe dovuto produrre in primavera e aveva pensato che non ci fosse occasione migliore per proporgli di co-produrre il suo lungometraggio *Un amore per sempre*.

Aveva cercato di fargliela apparire come un'opportunità da non perdere e non si era preoccupato troppo di aggiungerci in coda qualche bugia. Diversi investitori gli avevano già proposto una compartecipazione, aveva mentito. Ma preferiva mettere su il film con un professionista con tanta esperienza, come lui, che non gli avrebbe creato problemi al momento di girare.

Bradley se l'era bevuta quella manfrina? Difficile saperlo. Nel suo ambiente spesso i produttori recitavano meglio degli attori.

In realtà non gli rimanevano più molte *chance* prima di dichiarare la bancarotta.

Per il momento Bradley aveva preso tempo e tutto quello che poteva fare era aspettare una sua risposta, si disse versandosi un altro bicchiere di Sauvignon. E anche se la pazienza non era il suo forte, non poteva mettere fretta a Bradley, con il rischio di fargli capire in quali pessime acque navigasse.

Decise di ordinare pesce spada alla griglia, con contorno di asparagi, e di dimenticare i problemi di lavoro per un paio d'ore. Mentre sorseggiava il suo vino – rammentando a se stesso che sarebbe stato l'unico alcol che si sarebbe concesso per quel giorno – guardò fuori dalla finestra e seguì con lo sguardo un gruppo di bambini che, sull'altro lato della strada, se ne andavano in giro con le loro maschere da mostri.

Era arrivato Halloween e lui nemmeno se n'era accorto.

Anche Emily adorava andare in giro a fare "dolcetto o scherzetto?". E quante volte – inutilmente – gli aveva chiesto di accompagnarla!

Il tempo.

Il tempo era sempre stato un problema fondamentale

quando si trattava di Emily. Perché non ne aveva mai abbastanza per mantenere la parola data.

Anche quel maledetto 4 luglio. Sarebbe bastato che si fosse ricordato che le aveva promesso di accompagnarla alla Parata, e che non avesse pensato di cavarsela con una scusa veloce e approssimativa.

All'improvviso la vide seduta dall'altra parte del tavolo e il ricordo era così vivido da sembrare reale.

Emily...

Era giugno, erano appena arrivati a Martha's Vineyard e avevano deciso di andare a pranzo insieme al *Chesca's*.

Non era tipo da fare caso a certi dettagli, eppure ricordava chiaramente che quel giorno Emily indossava un abitino bianco e aveva i capelli legati, a formare una lunga treccia. Era felice. Da tanto tempo non uscivano insieme, solo loro due, ed Emily era al settimo cielo.

Di cosa avevano parlato? Avrebbe tanto voluto ricordare cosa si erano detti. Ma allora non immaginava che non avrebbero avuto più tante occasioni di stare insieme.

Quante ne aveva sprecate.

Il cameriere li aveva raggiunti per le ordinazioni ed Emily aveva chiesto di poter bere una coca-cola. Non gliclo permetteva spesso, ma quella volta gliel'aveva concessa. Mentre aspettavano si era messa a raccontargli... cosa?... Rideva e gesticolava mentre parlava. Forse si trattava di qualcosa che era accaduto quella mattina a casa della sua amica...

Sì. Era successo qualcosa di divertente da Stephanie ed Emily glielo stava raccontando proprio mentre arrivava il cameriere. Così il suo braccio aveva urtato il vassoio e la coca-cola era caduta a terra. Il cameriere aveva minimizzato, ma Emily era mortificata. Lui, però, non si era accontentato. L'aveva rimproverata ad alta voce, incurante del suo imbarazzo e delle lacrime che le rigavano il volto.

Era stato troppo severo con lei. Le chiedeva di essere grande. Le chiedeva di essere brava. Le chiedeva di essere degna del suo amore.

Non lo aveva fatto anche con sua moglie? Non era quello che suo padre aveva fatto con lui?

Non si era sentito degno d'amore ed era così che aveva fatto sentire chi aveva cercato di amarlo.

Se solo avesse saputo che il dono che la vita gli aveva fatto con Emily e Vanessa sarebbe durato così poco...

Quel giorno lui ed Emily avevano finito di mangiare in silenzio.

Quando erano usciti dal ristorante, prima di tornare a casa, si era fermato in una gioielleria del centro e aveva permesso che Emily si facesse il buco alle orecchie. Era da tanto che glielo chiedeva. Tutte le sue amiche lo avevano e lo voleva anche lei.

Aveva deciso di regalarle anche degli orecchini d'argento. Emily non li voleva uguali, così ne avevano comprati due paia perché potesse indossare una luna su un orecchio e una stella sull'altro.

Con quel regalo si era liberato dei suoi sensi di colpa. Ma mentre al ristorante sua figlia piangeva, non era stato capace di abbracciarla.

Come poteva sapere che quella sarebbe stata la sua ultima estate?

Non le aveva regalato un sorriso e non le aveva chiesto scusa. Le aveva comprato quegli orecchini, invece. I suoi primi orecchini "da grande". E ora anche quella stella e quella luna d'argento erano finiti con lei, in fondo al mare.

CAPITOLO 20

«Ho paura. Perché ci tiene rinchiuse qui? Perché non ci lascia andare?»

Heather era appena tornata dal piano di sopra e aveva gli occhi gonfi di pianto e le mani arrossate dall'acqua gelida che aveva usato per lavare i piatti.

Il suo apprendistato era già cominciato e ora doveva imparare come soddisfare i desideri di Frank e sopravvivere alla sua follia.

«È così cattivo» si lamentò ancora Heather. «È stato lui a farti quei segni intorno al collo?»

Emily pensò che la cosa migliore fosse ignorare la domanda.

«Devi fare quello che ti dice. Non provare mai e poi mai a contrariarlo.»

Non poteva parlarle di April, non poteva dire che lui se ne era liberato come un sacco di stracci solo perché si lamentava e non voleva ubbidire. Heather non sarebbe sopravvissuta a tanto orrore. Doveva darle il tempo di fare i conti con la disperazione.

«Voglio tornare a casa. Non voglio stare qui.»

«Ci tornerai. Ci torneremo.»

Emily non riuscì a fingere di credere in quelle parole.

Un accesso di tosse le infuocò il petto, ma piano piano si placò. Si sentiva tanto stanca.

Si vergognò per il sollievo che aveva provato nell'apprendere che quel giorno non sarebbe salita al piano di sopra. Era il momento di Heather. Era arrivata solo il giorno prima e ora toccava a lei imparare. Lavare i pavimenti, pulire i bagni, cucinare, rispondere in modo servizievole a Frank.

Per prendere il suo posto?

Emily allontanò in fretta quel sospetto. Riconobbe sugli avambracci di Heather un paio di aloni arrossati delle bruciature di sigarette. Sapeva quanto potesse essere feroce Frank quando le cose non venivano fatte come lui voleva.

«Vieni. Mettiamoci un po' d'acqua fredda prima che si formino le vesciche» disse a Heather, accennando alle bruciature. «Me lo ha insegnato mia madre» spiegò poi mentre la accompagnava accanto al rubinetto.

Si sentì sopraffare dal pensiero che, per quanto si fossero impegnate, avrebbero comunque fatto la fine di April. Ma non era il momento di parlarne con la sua nuova compagna di prigionia, che era ancora troppo scossa e non riusciva ad accettare quello che era successo.

«Ho fame» si lamentò Heather.

«Non ci devi pensare.»

«Non ci riesco.»

«Questa sera ci darà un po' del pane avanzato nei giorni passati. Il pane sazia. Ti sentirai meglio.»

«Ma perché è così cattivo? Perché ce l'ha tanto con noi?»

Emily guardò Heather che, rannicchiata in un angolo, aveva ripreso a piangere e non trovò parole per risponderle.

Si avvicinò per asciugarle le lacrime.

«Sai cucinare la zuppa di gamberi?»

«Io non so cucinare. Ho solo dieci anni» si lamentò.

«Devi imparare, se non vuoi che Frank si arrabbi e ti punisca ancora. La zuppa di gamberi è il suo piatto preferito. Ti spiegherò io come si fa, così non sbaglierai.»

«Allora non ci lascerà mai più andare? Io voglio tornare a casa dalla mia mamma.»

Emily le sfiorò la bocca con la mano, per impedirle di continuare.

«Frank si arrabbierà se sente che continui a lamentarti. Non farlo mai in sua presenza. Quando torna dal lavoro è stanco e vuole solo riposarsi e guardare la tv fino all'ora di cena.»

«Perché ci tiene qui? Perché non ci lascia andare?» ripeté Heather con voce strozzata.

Emily ripensò alle luci accese di *Promises House*. Suo padre era a Martha's Vineyard e la consapevolezza che fosse così vicino rendeva la sua prigionia ancora più insopportabile.

«Riusciremo a tornare a casa, te lo prometto.»

«Dici davvero?»

Lo sguardo fiducioso di Heather la costrinse a distogliere il suo.

«Penserò a un piano per andarcene da qui. Ce la faremo.»

Portò la mano all'orecchio, sfiorò la stella d'argento – l'ultimo regalo che suo padre le aveva fatto – e pregò perché qualcuno, in cielo, la aiutasse a mantenere la sua promessa.

CAPITOLO 21

Thomas Burns si lasciò andare sulla spalliera della sedia e rigirò tra le mani il pacchetto di sigarette ancora chiuso. Al momento, l'appello della madre di Heather alla stazione televisiva locale non aveva dato i frutti che sperava e si sentiva con le spalle al muro.

Verso l'ora di cena, la donna aveva parlato per qualche minuto davanti alle telecamere, la voce rotta dall'emozione. Aveva chiesto a chiunque avesse visto o sentito qualcosa – o avesse un'informazione di qualsiasi tipo che potesse aiutare a ritrovare Heather – di farsi avanti. Poi era scoppiata a piangere e aveva implorato affinché chi le aveva portato via la sua bambina non le facesse del male e gliela restituisse.

La signora Cooper, che era con lei, l'aveva sostenuta e si era offerta di riaccompagnarla a casa.

Come temeva, l'appello aveva dato la stura a esibizionisti e mitomani. Ma la verità era che il tempo scorreva in modo inesorabile e lui aveva disperatamente bisogno di qualche nuovo indizio.

In futuro, si ripromise, avrebbe fatto il possibile per risparmiare a Theresa Cummings le "montagne russe emotive" delle false notizie e dei falsi avvistamenti. Per il momento, in mancanza di altro, era stato costretto a smuovere le acque con il suo appello televisivo.

Dopo aver controllato i filmati della gioielleria, avevano comunque trovato una piccola traccia.

Le telecamere a circuito chiuso avevano ripreso una bambina che si allontanava mano nella mano con un uomo di cui – dall'angolatura in cui la telecamera si trovava – si intravedeva purtroppo solo un pezzo di braccio.

L'orario coincideva con quello della scomparsa e, tra le lacrime, Theresa Cummings – quando lo aveva raggiunto per avere istruzioni per l'appello televisivo – aveva riconosciuto sua figlia. Le immagini non erano molto nitide ma da diversi dettagli, compresi i vestiti che la piccola indossava, la madre era sicura di non sbagliarsi.

Thomas Burns si era fatto riversare le immagini della telecamera sul computer e tornò a guardarle, nonostante lo avesse fatto già un'infinità di volte. Il passo della piccola appariva sicuro e la mano dell'adulto che era con lei non sembrava fare alcuna pressione perché lo seguisse.

Il piccolo lembo di tessuto che avvolgeva il palmo dell'uomo colpì l'attenzione di Burns. Forse si trattava di un pezzo di stoffa, o di un fazzoletto.

Era abbastanza chiaro che chiunque avesse portato via Heather con sé era stato fortunato e che non sapesse niente della telecamera installata dalla gioielleria.

Se solo fosse passato più vicino alla vetrina, sarebbe stato inquadrato meglio e loro si sarebbero ritrovati tra le mani qualche indizio in più.

Di fronte a quelle immagini, Theresa Cummings si era dichiarata molto sorpresa dell'arrendevolezza con cui la sua bambina seguiva quell'uomo, dopo che tante volte le aveva raccomandato di non accettare inviti da persone estranee.

Ma nessuno più di Burns sapeva quanto il mondo fosse pieno di raccomandazioni inascoltate di genitori apprensivi. Perché chi aveva intenzione di adescare un bambino, sapeva come approfittare della sua ingenuità.

Il poliziotto fece un profondo sospiro e si stropicciò gli occhi stanchi. Erano quasi le undici. Si era dimenticato persino di cenare, ed era ora di tornare a casa.

La tranquillità con la quale Heather stringeva la mano del suo rapitore faceva supporre che potesse trattarsi di qualcuno che la bambina conosceva o di cui comunque non aveva paura.

Ma la cosa che più lo tormentava era che il tempo continuava a scorrere inesorabile e lui non aveva nemmeno un nome sulla lista dei sospettati.

Insieme ai suoi sottoposti aveva interrogato tutte le persone presenti nell'elenco che la madre aveva preparato insieme alla sua amica Judith e a Nora Cooper, e tutte sembravano avere un alibi convincente.

Con un moto di stizza, rimise sul tavolo le chiavi e il telefonino, che già aveva sistemato in tasca, e abbandonò l'idea di tornare subito a casa per qualche ora di riposo. Avrebbe ricontrollato, uno per uno, alibi e dichiarazioni di chiunque, negli ultimi giorni, avesse avuto a che fare con Heather e Theresa Cummings. La vita di una bambina di dieci anni era appesa a un filo e non riusciva ad accettare di non poter fare meglio di così.

CAPITOLO 22

L'improvviso sfolgorio la costrinse a socchiudere gli occhi. Quando li riaprì, Nora impiegò qualche secondo per mettere a fuoco la figura che le stava tendendo la mano.

Vanessa...

Aveva i capelli biondi, sciolti sulle spalle, e gli occhi di acquamarina. La sua amica era come la ricordava, ma aveva una luce diversa nello sguardo, come se nuove verità si fossero dischiuse alla sua conoscenza.

Per quell'improvvisa chiarezza che a volte fa capolino anche nel sonno, Nora sapeva che si trattava di un sogno. In quale altro luogo avrebbe potuto incontrare Vanessa?

Erano tante le domande che avrebbe voluto fare alla sua amica, ma fu lei a parlarle per prima.

«Aiutala, Nora.»

Una lacrima si era cristallizzata sulla sua guancia e come una pietra preziosa riverberava scintille di azzurro.

«Devo aiutare chi?»

L'espressione sul volto di Vanessa le suggerì che di più non poteva dirle. E Nora comprese.

Quel canale in cui la vita e la morte si sfioravano era un privilegio che aveva le sue regole.

«Si tratta della piccola Heather? È lei che devo aiutare?» cercò di forzare la mano.

Vanessa chiuse gli occhi, poi accostò tra di loro le mani e rivolse in alto i palmi.

Da quello di destra si librarono in volo tre grandi farfalle. L'armonia dei colori e dei movimenti era tale da commuovere.

La mano sinistra di Vanessa era invece colma di candide margherite.

«Le cose non sono sempre come sembrano, e la fallibilità è umana.»

Era evidente che la sua amica aveva bisogno che comprendesse ciò che lei non poteva dire e Nora temeva di deluderla, perché intuiva che non poteva che esserci un motivo impellente perché la sua anima l'avesse raggiunta in sogno.

Era già successo e ormai sapeva che altre domande sarebbero state inutili. Il libero arbitrio non poteva essere infranto.

«Ci manchi» disse solo alla sua amica. «E ci manca tanto anche Emily.»

Lo sfolgorio piano piano si affievolì e l'immagine di Vanessa cominciò a dissolversi. Nora aprì gli occhi sul buio della sua stanza, improvvisamente sveglia. L'orologio segnava le quattro e quaranta, e un profondo senso di vuoto le attanagliava lo stomaco.

Era stato solo un sogno, ma questo non la faceva sentire meglio.

Nella penombra distinse il profilo di Steve, che le dormiva accanto. Era suo marito, eppure, all'improvviso, Nora si ritrovò a chiedersi se non avesse fatto un grande errore a scegliere una donna complicata come lei.

Quei richiami dall'aldilà la lasciavano frastornata e la responsabilità la schiacciava.

C'erano tante donne, al mondo, con le quali tutto sarebbe stato più semplice. Con loro Steve non avrebbe dovuto interpretare silenzi, esplorare verità per molti difficili da credere e inseguire emozioni che si annidavano a fior di pelle...

No. Doveva smetterla!, si impose. Era solo la malinconia a renderla così pessimista.

Steve la amava e lei amava lui. In quel semplice verbo di tre sillabe era racchiuso il miracolo del doppio e dell'uno.

Tre sillabe per un infinito.

Attenta a non far rumore, Nora si versò un bicchiere d'acqua dalla bottiglia che sempre teneva sul comodino.

Aiutala...

Il messaggio di Debbie sul mese di aprile e sul girasole, e ora Vanessa che le era apparsa in sogno.

Che cosa voleva dirle? E qual era il significato delle farfalle e delle margherite che le aveva mostrato?

Sentì la mano di Steve che sfiorava la sua.

«Tutto a posto?» le sussurrò con voce impastata dal sonno.

«Solo un sogno.»

Non avrebbe potuto dire se brutto o bello. Era un messaggio, e se fosse riuscita a comprendere le informazioni che racchiudeva si sarebbe trasformato in uno splendido sogno.

«Vuoi che scendiamo a bere un caffè e ne parliamo?»

Che stupida era stata a pensare che una donna meno complicata di lei avrebbe fatto la felicità di Steve. Lui era la sua mezza mela, il suo yang, il suo sole, il suo giorno. La amava e già solo per questo lei era il meglio per lui.

«Dormiamo ancora un po'. Ne parleremo domattina.»

Nora tornò a distendersi e sentì il braccio di Steve che la attirava a sé. Riconobbe la sua fragranza di muschio e tabacco. Si rannicchiò sul suo petto e si sentì in un porto sicuro.

Lasciò scivolare via i pensieri, per fare il vuoto nella mente.

Anche le parole di Vanessa riguardavano la piccola Heather?, non riuscì a non chiedersi, prima di prendere sonno. Perché era difficile pensare che non fosse così.

Ma perché fra tante anime era venuta proprio Vanessa?

Esisteva qualche legame tra Emily e Heather? Tra quello che era successo alle due bambine?

Domande. Domande su domande e nemmeno l'ombra di una risposta.

Avrebbe provato a riposare ancora un po', si ripropose. E appena sveglia avrebbe cercato, sul computer, tutti gli articoli dell'estate precedente che riguardavano la scomparsa di Emily. Con la speranza di riuscire a capire perché Vanessa le fosse apparsa in sogno.

CAPITOLO 23

La tempesta di neve di due giorni prima aveva lasciato spazio a un cielo terso che per fortuna aveva mitigato le temperature gelide di quell'autunno. Era ormai pomeriggio inoltrato quando Nora raggiunse il Dipartimento di Polizia di Edgartown.

«Non so se è importante, ma Theresa ha voluto che aggiungessi un paio di nomi alla lista che le ho già consegnato. Aveva dimenticato di mettere l'insegnante di nuoto di Heather e la ragazza che ogni tanto le taglia i capelli quando vanno dal parrucchiere.»

Thomas Burns si allungò per prendere il foglio che gli stava porgendo e Nora si rese conto di quanto apparisse stanco.

«Grazie. Farò fare dei controlli anche su di loro, per sapere dove si trovassero quando Heather è stata rapita.»

Dal suo tono amareggiato Nora comprese che le indagini della polizia non stavano facendo troppi passi in avanti. Ma neanche lei era stata molto fortunata, quella mattina, con le sue ricerche sulla scomparsa di Emily.

«Grazie di avermi ricevuta a quest'ora. A dire il vero non pensavo nemmeno di trovarla ancora al Dipartimento.»

«Le ultime due notti ho dormito qua, sul divano. Non riesco ad andarmene a casa pensando a quello che sta passando Heather...»

Osservando la postazione-lavoro davanti alla quale si trovava, Nora rifletté su quanto una scrivania potesse rivelare di chi la occupava. Quella del tenente Burns ostentava la sua aria "vissuta" ed era ingombra di qualsiasi cosa.

Sul suo ripiano si erano accumulati, in ordine sparso, fogli, cartelline, libri, bloc-notes, mappe stradali, una lente d'ingrandimento, involucri di caramelle che forse Burns masticava per controllare la tensione e resistere alla tentazione di fumare.

Al centro della scrivania, come una sorta di reliquia, campeggiava un computer portatile nero. Accanto, un portapenne con qualche matita e tre evidenziatori di diverso colore.

Nessuna fotografia e niente che suggerisse che il tenente avesse anche una vita privata.

Sembrava tutto lì il suo mondo.

Forse perché si sentiva stanco, o perché sperava che il parere di qualcun altro avrebbe sbloccato i suoi pensieri, che ormai si avvitavano su se stessi, Thomas Burns accennò al fermo-immagine del suo computer, invitando Nora a dare un'occhiata.

«Continuo a guardarlo da ore. Il filmato girato con le telecamere a circuito chiuso sistemate tra School Street e Ben Street.»

«Sì. Theresa mi ha detto di averlo visto. Posso?»

Nora si sporse verso il monitor e il poliziotto avviò il video. Riconoscere la piccola Heather nella bambina di spalle che camminava fiduciosa, dando la mano a qualcuno, le inondò il cuore di tristezza.

«Non sembra che la stia portando via con la forza»

commentò Nora.

«Già.»

La presenza di Heather nel campo visivo delle telecamere durava solo nove secondi. Terminata la registrazione, Burns aprì alcune immagini, che doveva aver isolato dal filmato, incentrate sugli stessi dettagli ingranditi: la bambina e la mano dell'uomo.

«Le abbiamo stampate e distribuite agli agenti. È tutto quello che abbiamo di quel bastardo. Difficile poterlo identificare con così poco.»

«Questo... intorno alla mano...» osservò Nora, colpita.

«Sì. Ci ho fatto caso anch'io. Sembra un pezzo di stoffa. O un fazzoletto.»

Nora indossò gli occhiali per osservarne meglio i dettagli. Perché nel disegno stampato aveva distinto dei piccoli fiori e voleva essere sicura di quello che le stavano suggerendo.

Le margherite di Vanessa...

«È un fazzoletto di stoffa, da bambina» concluse, dopo aver individuato un sottile orlo colorato.

Il poliziotto fu spiazzato più dalla sua sicurezza che dalla sua deduzione.

«Quasi nessuno usa più fazzoletti di stoffa» osservò.

«Potrebbe essere di Heather. Anche se il suo rapitore non avrebbe avuto molto tempo per farselo dare e per avvolgerlo intorno alla mano. Sembra una fasciatura improvvisata...»

Burns rimase qualche secondo in silenzio, forse riflettendo su come utilizzare quell'informazione.

«Potrebbe chiedere a Theresa Cummings se sa qualcosa del fazzoletto, signora Cooper? Non voglio spaventarla troppo facendole arrivare una chiamata della polizia a quest'ora. Immagino che sia già abbastanza tesa senza che io aggiunga altro stress nella sua vita.»

Nora apprezzò quella delicatezza. Prese in mano il cellulare e mentre già componeva il numero, disse: «Le chiederò se Heather aveva un fazzoletto con delle margherite disegnate sopra. Ma ho il sospetto che quel fazzoletto non sia il suo».

L'altro sembrò colpito dalla sua osservazione.

«Ciao, Theresa. Sono Nora» salutò, non appena la sua amica rispose. Precisando subito: «Nessuna novità, purtroppo, ma sono passata al Dipartimento e il tenente Burns aveva bisogno di sapere se Heather quel giorno avesse con sé un fazzoletto di stoffa. Un fazzoletto con delle margherite stampate».

Poi rimase in ascolto per qualche secondo. «D'accordo. Di' anche a Judith che passo tra una mezz'ora e porto qualcosa di caldo per la cena.»

«Allora?» le chiese Burns non appena chiuse la conversazione.

«Heather non aveva con sé fazzoletti. E comunque non usava mai quelli di stoffa.»

«Un altro indizio che va a farsi benedire...»

«Forse no.» Il sospetto che si era annidato tra i suoi pensieri continuava a chiederle di essere ascoltato. «Se mi permette, tenente, vorrei fare un'altra telefonata.»

Richiamò il numero che doveva sul telefono e un attimo dopo esordì: «Buonasera, Rose. Sono Nora Cooper. So che lei si è sempre occupata di tenere in ordine le cose di Emily e avrei una domanda da farle...».

CAPITOLO 24

Il profumo dell'arrosto che saliva dal tegame e si diffondeva nella cucina le procurò una fitta allo stomaco. Le tornò in mente l'appagamento che provava quando Rose lo preparava per lei, sapendo che era uno tra i suoi piatti preferiti, e ne risentì in bocca il sapore. Ma questo non fece che peggiorare la situazione.

Aveva fame e non ne poteva più del pane secco che Frank elemosinava loro.

Era difficile cucinare e resistere alla tentazione di assaggiarne un po', ma sapeva che lui l'avrebbe punita se avesse osato rubarne anche solo un pezzo minuscolo.

E Frank sapeva essere molto crudele.

«Ho fame» piagnucolò Heather, lì accanto.

«Forse più tardi ci farà intingere il pane nel tegame e, chiudendo gli occhi, sarà come mangiare l'arrosto.»

Una bambina da sola andò
e mai a casa ritornò...

«Dobbiamo andarcene» aggiunse poi Emily con un'improvvisa determinazione. «Se vogliamo rimanere vive, dobbiamo scappare.»

Era sempre più debole e ogni tanto si sentiva bruciare il petto e aveva i pensieri confusi.

«E come facciamo? Quando non è a casa, Frank ci chiude a chiave nello scantinato.»

«Dobbiamo rubargli le chiavi. Nello stesso mazzo ci sono sia quelle di casa che del furgone.»

«Ma le tiene addosso!»

«Frank beve spesso. Beve tanto. E qualche volta si addormenta sul divano.»

Era un piano folle, lo sapeva anche lei. Ma non lo diede a vedere.

«E poi? Se anche riuscissimo a prendere le chiavi, che facciamo?»

Heather alzò il tono della voce ed Emily mise l'indice davanti alla bocca per invitarla a non farlo più.

«Vuoi che ci senta?» sussurrò a denti stretti.

Poi si voltò verso Frank, sdraiato sul divano, davanti al televisore acceso, con una bottiglia di birra accanto e gli occhi semichiusi. Cercava di resistere alla sonnolenza dell'alcol, in attesa che la cena fosse pronta.

La cosa importante era che non le avesse sentite.

«Non possiamo andarcene via da qui a piedi. Conosco questo posto. Lo vedevo dalla finestra di casa mia e non c'è niente qui intorno. Nessuna abitazione, nessuno a cui chiedere aiuto, nessun posto in cui nascondersi nel raggio di qualche chilometro. Dobbiamo andare via con il furgone di Frank. Se cercassimo di scappare a piedi, ci riprenderebbe subito.»

«E chi lo guida il furgone?»

Lo scetticismo di Heather non era quello di cui aveva bisogno in quel momento per farsi forza. Ma poteva comprendere il suo scetticismo.

Già. Chi lo guida il furgone?

Emily socchiuse gli occhi e allontanò le ultime incertezze prima di dire: «So come si fa. Ho guardato tante volte mio padre. E una volta il suo autista mi ha fatto provare a mettere le marce».

«Una volta hai provato a mettere le marce! E pensi che questo possa bastare?»

«Shhhh! Lo sveglierai.»

Frank, nell'altra stanza, alzò una mano per grattarsi il mento e poi si abbandonò di nuovo sul divano.

«Hai qualche idea migliore di questa?»

Emily si pentì subito del tono sarcastico della sua voce, ma non aveva abbastanza energie per assecondare all'infinito quella discussione.

«Che diavolo state facendo?»

Frank si era svegliato e forse si era insospettito nel vederle ferme accanto ai fornelli. O non voleva che battessero la fiacca.

Pronta, Emily aprì uno dei cassetti della cucina.

«Pensavamo di farle una sorpresa e di apparecchiare con una tovaglia pulita» disse, tirandone fuori una.

Anche Heather si affrettò a prendere l'arrosto dai fornelli.

«Se vuole mangiare, è tutto pronto, signor Carson.»

Avevano già provato la cinta di Frank ed erano terrorizzate.

Frank si alzò, strappò via dalle mani di Emily la tovaglia e la rimise nel cassetto.

«Non me ne frega niente della tovaglia pulita. Non siamo al gran ballo e voi non siete due damigelle. Lasciate l'arrosto sul tavolo e tornate in cucina a pulire.»

Con la coda dell'occhio, Emily lo vide alzare il coperchio della pentola e controllare che i pezzi di carne ci fossero tutti.

Heather, sfinita dalla tensione, era sul punto di piangere. Emily cercò di tranquillizzarla.

«Devi resistere. Andremo via da qui e tutto questo diventerà solo un bruttissimo ricordo» le sussurrò.

«Se scappiamo, ci riprenderà e ci ucciderà.»

«Non ci riprenderà.»

Forse non era riuscita a convincere Heather più di quanto non avesse convinto se stessa.

Ma ormai sapeva che non c'era altro modo per uscire da quell'incubo.

CAPITOLO 25

Il salone al primo piano nel quale la governante li aveva fatti accomodare era molto diverso dalle altre stanze di *Promises House* e Nora sapeva il perché. Quello era stato lo studio di Vanessa, quando era ancora in vita, e la sua amica aveva scelto ogni singolo pezzo di quel mobilio. C'era la sua personalità estroversa nell'uso dei colori vivaci per i tessuti, nell'originale accostamento degli stili e nell'organizzazione di un comodo angolo-lettura a ridosso dell'ampio bovindo che si affacciava sull'oceano.

Il tenente Burns teneva le mani allacciate dietro la schiena e si era soffermato proprio davanti a quella finestra, immerso in chissà quali interrogativi.

«Scusate l'attesa, ma stavo finendo una telefonata intercontinentale...»

David Parker entrò nella stanza con in mano la sua tazza di caffè, seguito da Rose, che ne servì anche agli altri, prima di allontanarsi di nuovo.

«Ciao, David» lo salutò Nora.

«Dispiace a noi di esserci presentati con così poco preavviso» le fece eco Burns voltandosi. «Immagino che sappia già di cosa si tratta» aggiunse poi.

L'altro annuì. «Ho parlato con Nora al telefono e...

113

Siete sicuri che il fazzoletto sia di Emily?»

Il poliziotto gli allungò la foto del fermo-immagine in cui appariva la mano dell'uomo che aveva portato via con sé Heather.

Parker la osservò a lungo. «Non è molto nitida, ma il fazzoletto sembra proprio il suo.»

Nora si sentì di intervenire. «Rose mi ha detto di non averlo più trovato in casa. Potrebbe essere possibile che Emily lo avesse con sé il giorno della sua scomparsa?»

Il padrone di casa si versò un'altra tazza di caffè.

«Lo portava sempre nel suo zainetto. Glielo aveva comprato Vanessa durante un viaggio a Parigi. Emily era raffreddata e sono entrate insieme in un negozio degli Champs-Élysées per sceglierlo. È stato uno degli ultimi regali che le ha fatto sua madre. Emily ci teneva molto.»

«E lo zainetto non è mai stato ritrovato...» si inserì Burns.

«Già.»

Nora poggiò una mano sul braccio di David.

«Mi dispiace. Siamo venuti qui a riaprire delle ferite dolorose, ma non potevamo farne a meno. C'è un'altra bambina. È stata rapita, e se non la ritroviamo in tempo...»

Non riuscì a terminare la frase.

Il tenente ne approfittò per aggiungere: «Ci sembra molto difficile che quel fazzoletto fosse per caso sulla mano dell'uomo che ha portato via Heather Cummings».

Un lungo silenzio si aprì sotto quelle parole. David Parker raggiunse la finestra, nello stesso punto occupato qualche minuto prima dal poliziotto, e rimase a osservare il panorama.

«Questo significa che Emily non è scivolata dalla scogliera...»

Non si voltò mentre parlava.

Dopo aver scambiato uno sguardo con Nora, fu Burns a prendere la parola. «Che sia scivolata o no, qualcuno ha delle responsabilità in quello che le è successo. E quel qualcuno ora ha con sé la piccola Heather.»

«Emily è morta e niente potrà ridarmela.»

Nora non lo vide, ma immaginò i suoi tratti induriti dal dolore.

«Ma puoi fare qualcosa per quei poveri genitori che non sanno che fine abbia fatto la loro figlia. Se Heather è ancora viva, possiamo salvarla. La polizia ha bisogno di te. Magari esiste qualche collegamento tra Emily e Heather che ci è sfuggito.»

Finalmente Parker si voltò. «Cosa posso fare?»

«Un elenco delle persone con cui Emily entrava più o meno regolarmente in contatto. Ci sarebbe utile anche se riuscisse ad appuntare qualcosa di particolare che accadde negli ultimi giorni, prima della scomparsa. Confronteremo il suo elenco con quello fatto dalla signora Cummings, in cerca di qualsiasi possibile riscontro.»

Pochi minuti più tardi, Nora e il tenente Burns si allontanavano da *Promises House*.

Pur sapendo di non aver avuto in passato troppa simpatia per David Parker, Nora fu mossa da una profonda compassione. Sarebbe stato in grado di sopportare quella nuova onda di dolore? Le novità sul fazzoletto di Emily dovevano aver risvegliato fantasmi che forse non avevano mai smesso di tormentarlo.

Mentre erano seduti uno accanto all'altra, sul divano, aveva sentito un intenso odore di alcol proveniente dalla tazza di caffè di David. Aveva dissimulato la sua sofferenza con tanta abilità, che forse aveva creduto di avercela fatta. Ma il dolore era tutto lì, intatto.

Nora se ne rammaricò, sapendo quanto sarebbe stata dura per lui affrontare la consapevolezza che qualcuno poteva aver fatto del male a sua figlia di proposito. Che forse Emily aveva avuto bisogno di aiuto e aveva invocato inutilmente il suo nome.

CAPITOLO 26

2 novembre

La *Correllus State Forest* occupava più di cinquemila acri nel cuore di Martha's Vineyard. A mano a mano che ci si addentrava nell'area protetta, le strade asfaltate venivano rimpiazzate da percorsi sterrati, piste ciclabili e fitti boschi in cui la natura prendeva il sopravvento su tutto.

Per arrivarci, Nora aveva percorso in macchina la Edgartown Road e poi tutta la Barnes Road. Il tenente Burns era rimasto silenzioso al suo fianco per tutto il tragitto. Quando avevano raggiunto l'ampio piazzale riservato al parcheggio, Nora aveva posteggiato l'auto ed erano stati costretti a proseguire a piedi.

La luce dell'alba aveva tinto il cielo di rosso e di arancio e Nora pensò che era una strana coincidenza che quello fosse il Giorno dei Morti.

La *Correllus State Forest* era quasi deserta in quel periodo dell'anno; i turisti estivi erano tornati a casa, in altre città o in altri Stati, e le temperature rigide rendevano poco piacevole passeggiare all'aperto.

Era solo per questo che all'improvviso percepiva come inospitale quel posto che aveva sempre amato?

La nebbia che ancora avvolgeva ogni cosa contribuiva

117

a rendere sinistro il paesaggio. Il terreno era sconnesso, rami secchi scricchiolavano sotto i suoi piedi, e Nora si pentì, nella fretta, di non aver indossato un paio di scarpe più comode.

«La sua intuizione sul fazzoletto di Emily ha fatto fare un importante passo in avanti alle indagini» disse Burns, interrompendo il silenzio.

«Conoscevo bene Emily e sua madre. Forse in qualche cassetto della mia memoria avevo conservato il ricordo di quel fazzoletto.»

Non poteva certo dirgli del sogno, di Vanessa, delle margherite e di quelle farfalle di cui ancora non aveva compreso il significato.

Avanzarono ancora attraverso il bosco. Poi, nella foschia, Nora intravide le luci che la polizia aveva montato per rendere possibili i rilievi e distinse il nastro giallo che delimitava l'area del ritrovamento.

«Chi ha trovato il corpo?» chiese al tenente.

Non erano riusciti a parlarne per tutto il viaggio in macchina, ma ormai erano lì e non avrebbero avuto più modo di sottrarsi a quello che temevano, a quello che era già avvenuto.

«Dovevano sradicare un albero malato, perché non contagiasse gli altri. Mentre erano al lavoro, un dipendente del centro ha visto affiorare una mano e hanno bloccato l'escavatrice... Quando sono arrivati gli agenti della Scientifica si sono resi conto che c'era anche tutto il resto del corpo e che si trattava di una bambina. Capelli castani. Età compatibile.»

«Per questo ha chiamato me?»

Burns annuì.

«Mi dispiace e mi sento in colpa con lei, ma Theresa Cummings è già sull'orlo del baratro. Ho bisogno della conferma di qualcuno che conosceva la bambina prima di chiedere il riconoscimento ufficiale alla madre. Il medico legale è già al lavoro...»

«Avrei fatto lo stesso al suo posto» lo tranquillizzò.

E così erano arrivati al capolinea. Le speranze, le ore insonni, le ricerche senza sosta, le preghiere.

Tutto inutile.

Nora dimenticò il freddo, le scarpe scomode, il caffè che non aveva fatto in tempo a prendere, la stanchezza che da giorni sentiva addosso.

Poi, nel punto in cui erano stati accesi i fari per permettere agli investigatori di lavorare meglio, ci fu un movimento insolito, come un'onda.

L'assembramento si aprì per lasciar passare un individuo basso, tarchiato, con un paio di occhiali tondi arrampicati sul naso, che pendevano lievemente verso sinistra.

Sfiatando nuvole di alito condensato, l'uomo li raggiunse.

«Il dottor Jack Mills» lo presentò il tenente. Quindi tornò a lui per chiedergli: «Che mi dici, Mills? È possibile effettuare un primo riconoscimento?».

Il medico legale fece un lento movimento con la testa.

«Non si tratta di Heather Cummings. Questo corpo è qui da almeno un mese... Molto prima che Heather venisse rapita.»

Una profonda ruga solcò la fronte di Burns.

«A quanto mi risulta non ci sono altri casi aperti, che riguardino la scomparsa di una bambina qui a The Vineyard...»

CAPITOLO 27

Mentre controllava i bidoni di vernice che aveva ordinato per imbiancare le pareti della soffitta di *Promises House*, Meg pregò che il martellare degli operai per abbattere la parete divisoria del piccolo ripostiglio finisse presto. E la sua insofferenza per qualcosa che faceva parte del suo lavoro le ricordò quanto poco avesse dormito quella notte.

Sean aveva avuto le sue prime coliche e non aveva quasi chiuso occhio fino al mattino. Niente che Meg non avesse già vissuto con gli altri tre figli, ma il tempo che passava rendeva la mancanza di riposo sempre più difficile da ammortizzare.

Sarebbe rimasta a seguire il lavoro degli operai ancora per un'oretta e poi avrebbe fatto un salto a controllare i mobili da ordinare.

Come immaginava, non era stato semplice occuparsi di liberare la soffitta da tutti quei ricordi.

Sapeva che non avrebbe dovuto farne un caso personale, ma Vanessa era stata un'amica di sua madre e aveva conosciuto bene anche Emily. Sentiva il cuore pesante a buttare via quelle cose che avevano fatto parte della loro vita.

Alla fine aveva trovato una famiglia bisognosa a cui portare i mobili e i vestiti, e la consapevolezza che anche Emily e Vanessa sarebbero state contente di quel dono era stato un sollievo. Ma aveva ancora un paio di scatoloni con le cose di Emily, in un ripostiglio di casa, che non era riuscita a regalare, né tantomeno a buttare.

Meg Cooper non sei che una sciocca sentimentale, si disse.

Avrebbe fatto ciò che doveva, quello che David Parker le aveva chiesto, si ripropose, ma non subito.

Intanto si sarebbe occupata di realizzare una sala di proiezione ben attrezzata. Uno spazio accogliente, in cui fosse piacevole passare un paio d'ore per guardare un bel film.

Per cominciare, quella mattina avrebbero abbattuto la parete del piccolo ripostiglio, per ingrandire lo spazio riservato al bagno. Poi avrebbero proceduto con i due tramezzi che aveva deciso di far costruire per movimentare l'architettura della grande stanza.

L'improvviso silenzio attirò la sua attenzione. Per quanto si trattasse solo di una parete, le sembrava piuttosto improbabile che il lavoro fosse già finito.

Meg lasciò stare la vernice e si voltò verso il ripostiglio. Si accorse che uno dei due operai le stava andando incontro con in mano un involucro non troppo grande.

«Tutto bene?» gli chiese.

«Sì. Ma nel tramezzo abbiamo trovato questo. Deve essere stato murato quando hanno fatto i precedenti lavori.»

«Non so di cosa possa trattarsi, ma… Grazie, Jimmy. Lo porterò al signor Parker.»

Mentre l'operaio si allontanava, Meg tolse il foglio di plastica usato per imballare il pacchetto, aprì il tessuto ormai consunto, all'interno, e si rese conto che avvolgeva un vecchio portasigari d'argento.

La chiusura era formata da un rubino di notevoli dimensioni. Aveva delle foglie di acanto incise e, al centro, uno stemma araldico, dove campeggiavano due iniziali: R. P.

Era pesante e sembrava antico. Sicuramente un portasigari di valore.

Meg non poté fare a meno di pensare che era davvero strano che quell'oggetto prezioso fosse stato nascosto nell'intercapedine di quella parete divisoria, dove doveva essere rimasto per diversi anni.

Lo avrebbe portato subito al padrone di casa, decise. E forse lui sarebbe stato in grado di risolvere quel piccolo mistero.

CAPITOLO 28

Brenda Graham era quel tipo di donna capace di intimidire un uomo per il modo sicuro in cui si portava dietro il suo metro e settantacinque di altezza, le forme giuste e un'intelligenza più brillante di gran parte dei suoi colleghi maschi.

Brenda Graham era quel tipo di detective che non mollava la presa fino a che non era costretta a farlo. Tanto più che i casi che seguiva come agente speciale della *Criminal Investigation Division* dell'Fbi, la costringevano a stare a contatto con il fragile confine che separava la vita dalla morte.

Il bicchiere di caffè che aveva portato con sé e che stringeva tra le mani era ormai diventato freddo. Non sapeva nemmeno più per quanto tempo se ne fosse rimasta lì, a guardarsi intorno, nel fazzoletto di terra della *Correllus State Forest* che i colleghi della polizia locale, quella mattina all'alba, avevano recintato e analizzato centimetro per centimetro.

C'era un che di surreale in un luogo violato dagli investigatori e poi abbandonato. Una parte di mondo dove qualcosa di inimmaginabile era successo e che non sarebbe più tornata quella di prima.

Non amava il lavoro di seconda mano ed era chiaro che non avrebbe ricavato molto dal suo sopralluogo, ma era convinta che anche se già "bonificata" una scena del crimine poteva accendere intuizioni inaspettate in chi sapeva osservarla.

Il ritrovamento del corpo non ancora identificato di una bambina dell'apparente età di dieci, dodici anni, aveva spinto i suoi superiori dell'Fbi a mandarla sul posto.

Il timore più grande era che la macabra scoperta fosse collegata al rapimento di Heather Cummings e che si trovassero davanti a un serial killer che se ne andava in giro ad ammazzare le bambine. Cosa che aveva convinto i suoi superiori della necessità di un coordinamento delle indagini da parte del Federal Bureau.

Brenda Graham mise via il bicchiere di caffè e si chinò a tastare il suolo.

La terra era secca e dura e il corpo della bambina era stato trovato a quasi due metri di profondità.

Chi aveva scavato la buca doveva avere molta forza e sapere quello che faceva. Contrariamente a quanto pensava la maggior parte delle persone, un lavoro del genere non era alla portata di tutti.

Chiunque fosse stato, era arrivato lì, alla *Correllus State Forest*, presumibilmente nel cuore della notte, con una vanga. Doveva aver spento il motore qualche metro prima del parcheggio, perché il guardiano che dormiva nella casupola lì accanto non si accorgesse di niente. Aveva scavato in quella zona isolata, dove non passava quasi mai nessuno e poi doveva essere tornato a riprendere in macchina il corpo della bambina per seppellirlo.

Era difficile pensare che lo avesse tenuto accanto a sé per tutto il tempo dello scavo, aumentando il livello di rischio di quello che stava facendo.

Per come la vedeva lei, doveva trattarsi di qualcuno che sapeva come muoversi sull'isola e che aveva una certa dimestichezza con il lavoro fisico. Un uomo non troppo avanti con gli anni.

«Immaginavo che a questo punto sarebbe diventato un caso federale.»

Al suono di quella voce, Brenda Graham si voltò e si ritrovò faccia a faccia con Thomas Burns.

«Un rapimento che a questo punto delle indagini non sembra essere stato concepito in ambiente familiare. Il cadavere di un'altra bambina. Decisamente un richiamo troppo forte per l'Fbi. Che ci fai qua, Thomas? Ti credevo ancora a Quantico.»

Brenda allungò una mano per salutarlo, ma lui la strinse in un abbraccio che presto si rivelò impacciato e frettoloso.

«Con l'insegnamento non ha funzionato.»

L'irruzione della realtà nella loro conversazione spense i sorrisi sui loro volti.

«Non hai nessuna responsabilità nel caso di Allison Mitchell, lo sai.»

«Mi illudevo che venendo su un'isola tranquilla come questa avrei dato un taglio al passato. Invece... Eccomi qua. Una bambina rapita e un'altra, morta, non ancora identificata.»

«Un bravo investigatore come te non può tenersi fuori dal gioco.»

«Ho ricevuto stamattina la comunicazione che un esperto della squadra investigativa sarebbe venuto a darci una mano. Non pensavo che si trattasse proprio di te...»

«Anch'io non credevo di trovarti a Martha's Vineyard. Ho avuto l'incarico di coordinare le indagini e avrei dovuto passare prima al Dipartimento, ma volevo venire qui a rendermi conto della situazione.»

«Sei una che ha bisogno di vedere le cose con i propri occhi.»

«Già. Anche quando non vorrei» aggiunse lei, distogliendo lo sguardo.

E lui comprese.

Il fatto che l'avesse trovato a letto con un'altra donna quando avevano appena deciso di sposarsi sarebbe rimasto per sempre un muro invalicabile tra loro. E chissenefrega se quella sera era ubriaco, se era terrorizzato dall'idea di prendere un impegno per tutta la vita. L'amava, le aveva chiesto di diventare sua moglie e invece l'aveva fatta soffrire. Si era comportato da bastardo. Niente da eccepire.

«Trovato qualcosa?» le chiese.

«Solo considerazioni che di sicuro anche voi avete già fatto. Cos'ha detto il medico legale?»

«Il corpo è stato seppellito almeno un mese fa. Non ci sono tracce evidenti di ferite, contusioni o eventi traumatici che possano essere stati causa della morte. Per tutto il resto dovremo aspettare i risultati dell'autopsia.»

«Pensi che il corpo di questa bambina possa essere in qualche modo in relazione con il rapimento di Heather Cummings?»

«Difficile da dire, ma la coincidenza è piuttosto strana. Soprattutto su una tranquilla isola del Massachusetts come questa...»

Proprio quello che anche lei pensava.

«E il fazzoletto? Quello che apparteneva alla figlia di David Parker?»

Burns la conosceva abbastanza bene da sapere che una professionista come lei non avrebbe lasciato niente al caso, e che doveva aver già letto e controllato tutto quello che c'era da leggere e da controllare prima di prendere in mano il caso.

«Il padre l'ha riconosciuto e ha ammesso che può essere quello di sua figlia.»

«Altra coincidenza.»

Ma il tono in cui l'aveva detto era quello di chi non crede affatto nelle coincidenze.

«Il fazzoletto era stato comprato a Parigi tre anni fa. Ho chiamato il negozio e parlato con l'azienda che li produce. Non hanno mai esportato quell'articolo qui negli Stati Uniti. Il che rende quasi sicuro che fosse di Emily Parker.»

«Tre bambine con un triste destino che ruota intorno a quest'isola.» Brenda Graham fece un profondo sospiro. «Ho pensato che potrei parlare con la madre di Heather oggi stesso. Potresti combinare?»

«Nessun problema.»

«Sarebbe bene che mi presentassi accompagnata da qualcuno di cui si fida e con cui si sente a proprio agio.»

Burns la osservò. Nessuna divisa, poco trucco. Per quanto con un fisico come il suo non fosse scontato, Brenda cercava di apparire l'amica che si può incontrare in ascensore o mentre si va a fare la spesa. Aveva una profonda conoscenza dell'animo umano che la rendeva un'esperta nel trattare con vittime e sospettati.

«Penso che Nora Cooper sia la persona giusta per te» le rispose, ricacciando indietro la nostalgia per i tempi in cui avrebbero concluso una giornata di lavoro bevendo un bicchiere di vino insieme e abbracciandosi sotto le coperte.

CAPITOLO 29

David Parker osservò a lungo il portasigari che gli aveva consegnato e a Meg sembrò che avesse nello sguardo la perplessità e l'incredulità di chi ha appena visto un fantasma.

«Era avvolto in quel pezzo di stoffa. Mi sono permessa di aprirlo, ma non immaginavo di trovarci qualcosa di così prezioso.»

«Era di mio padre» le disse dopo un po', come si fosse ricordato solo allora che lei era nella stanza. Accennò alle iniziali incise. «Richard Parker. Hai detto che era murato in un'intercapedine?»

Meg annuì. «Lo hanno trovato gli operai che stanno demolendo la parete divisoria tra il bagno e il ripostiglio.»

«È rimasto lì... per almeno trent'anni. Tutti lo cercavano, ed era lì.»

Sembrava commosso e Meg pensò che fosse il caso di lasciarlo solo. Anche se la sua curiosità continuava a chiedersi come mai quell'oggetto fosse stato murato e da chi.

«Torno in soffitta a controllare i lavori.»

Ma David Parker non parve averla neppure ascoltata. Sembrava sentire invece il bisogno di spiegarle. O forse solo di ricordare.

«Mia madre era molto legata a quest'oggetto. Non solo per il suo valore economico, ma perché apparteneva a mio padre, che era morto solo pochi mesi prima. Quando sparì da casa, pensò che l'unica persona che potesse averlo rubato era la domestica che avevamo al tempo. Si chiamava...»

Parker faticò a ritrovare nella memoria quei particolari. A quei tempi doveva essere poco più di un bambino.

«Grace. Grace Walker. Ecco come si chiamava. Ricordo che mia madre la licenziò in tronco. Dopo tanti anni che lavorava per noi, era quasi una di famiglia e mia madre si sentì tradita nella fiducia.» Abbassò lo sguardo sul portasigari. «Il fatto che fosse nell'intercapedine dimostra che le cose sono andate in modo diverso. È successo tanto tempo fa. Ero convinto che i lavori in soffitta fossero finiti prima. Mia madre deve essersi confusa. Dev'essere stato uno degli operai a rubare il portasigari. Pensava di poterlo riprendere in seguito e per qualche motivo non c'è riuscito.»

Sembrava sinceramente dispiaciuto.

«Sono passati così tanti anni... Ma forse dovrei cercare di ritrovare Grace, se è ancora viva, e chiederle scusa da parte della mia famiglia.»

CAPITOLO 30

«Vi siete riposate abbastanza per oggi. È ora di salire a preparare la cena.»

Quando era tornato dal lavoro ed era sceso nello scantinato per portarle al piano di sopra, Frank aveva cominciato a sbattere tutte le porte e non la smetteva di imprecare.

Heather le aveva rivolto uno sguardo preoccupato. Il fatto che fosse arrabbiato, non lasciava presagire niente di buono.

Era così nervoso, che continuava a bofonchiare imprecazioni incomprensibili contro delle piante malate e qualcuno che aveva deciso di sradicarle.

E dal loro punto di vista non era tanto importante sapere cosa lo avesse fatto infuriare, quanto evitare che sfogasse la sua collera contro di loro.

Aveva ancora la mano fasciata, per la ferita che si era fatto lavorando, ma questo non avrebbe impedito che la usasse per picchiarle.

Dopo essersi liberato dal giaccone, Frank aveva acceso il televisore, si era sdraiato sul divano e aveva chiesto che gli portassero una birra gelata. Se l'era scolata in un attimo. E poi ne aveva chiesta un'altra, e un'altra ancora.

Sembrava aver deciso di darci sotto sul serio.

Perlomeno tutto quell'alcol sembrava acquietarlo.

Presto le sue palpebre si erano fatte pesanti ed Emily lo aveva sorpreso a sonnecchiare. Il suo russare ritmato la incoraggiò e in quell'attimo realizzò che poteva essere la serata giusta per mettere in atto il suo piano.

Il solo pensiero le procurò una specie di capogiro.

«Frank è già ubriaco. Dobbiamo scappare stasera» aveva sussurrato nell'orecchio di Heather.

«Stasera? Ma non c'è abbastanza tempo. E poi hai visto com'è nervoso? Se ci scopre, ci ammazza!»

Il terrore di Heather la costrinse a mettere da parte il suo.

«È già ubriaco, e continuerà a bere.»

«Non ce la faremo mai.» Heather aveva le lacrime agli occhi.

Con un cenno Emily la invitò a non smettere di girare il sugo delle polpette. L'odore di bruciato avrebbe richiamato l'attenzione di Frank e le cose si sarebbero messe male per loro.

«Non ci ricapiterà presto un'altra occasione così.»

«Ma se aspettiamo, forse i nostri genitori riusciranno a trovarci e ci porteranno via da qui. La polizia ci starà cercando.»

«E pensi davvero che qualcuno ci salverà? Mi dispiace dirtelo, ma c'era un'altra bambina qui, prima di te. Si lamentava che se ne voleva andare e Frank l'ha fatta sparire da un giorno all'altro. Pensi che l'abbia portata a fare una passeggiata?»

Emily non sapeva da dove venisse fuori tutta quella rabbia, ma all'improvviso non riuscì più a tenerla a freno.

«L'ha uccisa?» mormorò Heather fra i singhiozzi.

«L'ha uccisa e ucciderà anche noi.»

«Perché mi dici queste cose brutte?»

«Perché devi capire che scappare via da qui è l'unica occasione che abbiamo per rimanere vive.»

Forse fu il suo tono deciso, o lo sguardo risoluto. Heather rimase in silenzio, anche se le lacrime continuavano a scenderle copiose.

Emily la afferrò per le spalle e la guardò dritto negli occhi.

«Devi fidarti di me. Scapperemo da questo posto schifoso e lui non potrà farci più alcun male.»

«Portatemi un'altra birra!» sbraitò Frank dall'altra stanza.

La sua voce era impastata dall'alcol.

Emily si affrettò a prendere un'altra bottiglia dal frigo. Era bella gelata come piaceva a Frank e pensò che anche questo lo avrebbe incoraggiato a continuare a bere.

«Non si tiene già più in piedi. Ma dobbiamo pensare anche a qualcos'altro se vogliamo essere sicure che si addormenti per bene» disse a Heather, quando tornò in cucina.

Soffocò un nuovo accesso di tosse e si rinfrescò il viso con un po' di acqua fredda. Sentiva che la fronte bruciava.

«E cosa?» le chiese l'altra.

Senza risponderle, Emily prese a rovistare con cautela nei cassetti e negli sportelli della credenza.

«Tu controlla Frank, mentre io do un'occhiata in giro.»

Nei pensili non trovò che vecchie pentole e piatti sbeccati. Nei cassetti c'erano posate spaiate, strofinacci consunti, un apribottiglie arrugginito, stuzzicadenti sparsi. Ma niente che potesse servire al loro scopo.

Le mensole destinate alle scorte di cibo erano quasi vuote. Frank non navigava nell'oro e comprava solo l'indispensabile.

Poi lo sguardo di Emily si fermò su un paio di boccette di plastica, che avevano tutta l'aria di essere medicinali. Controllò la più grande.

«Questo è un antibiotico. Rose me lo dà quando ho la febbre alta.»

Poi passò alla più piccola. «Però questa forse può esserci utile.»

Ma nel rimettere a posto l'antibiotico lo sportello le scivolò dalla mano. Nel silenzio si udì un colpo sordo.

L'espressione di Heather, ai fornelli, era sgomenta.

Rimasero tutte e due immobili, in attesa di una reazione che per fortuna non ci fu. Frank continuava a sonnecchiare sul divano e non si era accorto di niente.

Emily mostrò a Heather la boccetta che aveva preso. «Queste pasticche le conosco. Mio padre le usa per dormire.» Ne svuotò il contenuto nel palmo della mano. «Ce ne sono solo due, ma credo che basteranno. Le sciogliamo nella birra.»

«E se Frank se ne accorge?»

«Dobbiamo provarci» ribatté Emily, sorpresa dalla sua stessa determinazione.

Forse era l'emozione che suo padre fosse tornato a *Promises House*. O la certezza che, se non fossero scappate, prima o poi Frank le avrebbe uccise come aveva ucciso April.

O forse era per quella tosse che le bruciava il petto e che la faceva sentire ogni giorno più debole.

Ora o mai più.

CAPITOLO 31

«D'accordo. Parlerò al proprietario della vostra offerta e appena possibile vi farò sapere cosa ne pensa.»

«Aspettiamo una sua telefonata.»

Nora stava finendo di salutare sulla porta il signore e la signora Hamilton, interessati a comprare il cottage che aveva mostrato loro, la settimana prima, nei pressi di Katama, quando con la coda dell'occhio vide una donna sulla trentina scendere da una macchina appena posteggiata e dirigersi con passo deciso verso l'agenzia.

Portava i lunghi capelli castani legati in una coda, indossava un giaccone blu, pantaloni comodi e scarpe basse. Una sobrietà che non riusciva a camuffare la sua bellezza e un'eleganza innata che non sarebbe stata messa in discussione da qualsiasi cosa avesse indossato.

Nora controllò l'orologio. Era ormai ora di chiusura e voleva passare da Theresa per sapere come si sentisse. Aveva dispensato Judith dal lavoro, in quei giorni, per permetterle di starle vicino. Ma in un momento così difficile, erano quelle le priorità.

La donna che aveva visto scendere dalla macchina la raggiunse sulla porta dell'agenzia e non aveva l'aria di essere lì per una casa.

«La signora Cooper?»

«Sì. Sono io.»

«Brenda Graham. Fbi» si presentò mostrandole il distintivo.

Il freddo condensava il loro respiro in nuvole di vapore.

«Entri. Si gela qua fuori. Preparo una tazza di caffè bollente per tutte e due.»

«Mi dispiace di essere venuta senza alcun preavviso, ma da quando sono arrivata a The Vineyard non ho avuto un attimo di respiro» si scusò l'agente federale accomodandosi sulla poltrona davanti alla sua scrivania e liberandosi del giaccone. «Il tenente Burns mi ha detto che avrei potuto approfittare della sua disponibilità.»

«È capitata al momento giusto. Ho appena concluso l'ultimo appuntamento della giornata e stavo per chiudere l'agenzia.»

«Grazie per il caffè. Con questo freddo è proprio quello che ci vuole.»

«Avete qualche novità sulla bambina trovata alla *Correllus*?» chiese Nora qualche minuto dopo, sedendosi di fronte alla sua ospite con il caffè appena fatto.

«Abbiamo identificato il corpo. Il padre sta arrivando per il riconoscimento ufficiale.»

Per quanto fosse un passo avanti nelle indagini, non era una sensazione piacevole.

Una telefonata e le speranze di quei genitori erano sprofondate nella disperazione. All'improvviso Nora sentì sulle spalle tutto il peso di quella tristezza.

«Di chi si tratta?»

«April Taylor. Dieci anni. Abitava a Springfield, nella contea di Hampden.»

April.

Nora tenne stretta la tazza per impedire che le

scivolasse dalle mani.

Non il mese, non una data di nascita, ma una bambina. Era a quella April che il messaggio di Debbie si riferiva. Ora ne era sicura.

Deve sapere di April.

Era già accaduto qualcosa di terribile, prima del rapimento di Heather. E lei doveva avere quella informazione per capire meglio cosa stava succedendo.

Solo con tutte le tessere al loro posto il puzzle poteva trovare la sua forma.

«Era stata rapita il 12 agosto mentre andava a giocare da un'amichetta che abitava nel palazzo accanto al suo. Doveva percorrere solo poche decine di metri, ma quel portone April non l'ha mai raggiunto. E nessuno ha visto niente.»

«Il 12 agosto...» rifletté Nora. «Il medico legale ha detto che il corpo è stato seppellito nella *Correllus State Forest* non più di un mese fa.»

Brenda Graham comprese.

«Già. Chi l'ha rapita l'ha tenuta prigioniera per qualche settimana prima di ucciderla.»

Nora non riusciva nemmeno a immaginare cosa dovesse aver patito la bambina, per tutto quel tempo, alla mercé di una persona malvagia, con il solo desiderio di tornare a casa dai suoi genitori.

Era in momenti come quello che la sua consapevolezza sul senso della vita vacillava.

«Emily. April. Heather. Difficile pensare che i tre casi non siano connessi» non riuscì a non commentare. «L'unico elemento dissonante è che il rapimento di April è avvenuto a Springfield.»

L'altra annuì. «Credo che la spiegazione di questa discrepanza ci fornirebbe un ottimo indizio per risalire all'identità del rapitore. Cosa lo collega a questi due posti?

Anche se a livello statistico Springfield sembra avere meno importanza nella sua vita, visto che è l'unico elemento che ci porta fuori da Martha's Vineyard.» E dopo un attimo aggiunse: «Ora capisco perché Thomas mi ha parlato così bene di lei».

Non "il tenente Burns", non "il mio collega", non "Thomas Burns". Da come Brenda Graham aveva pronunciato quel nome di battesimo sembrava che ci fosse dell'intimità tra i due.

«Ero legata a Emily Parker e conosco Theresa Cummings. Ma farei comunque qualsiasi cosa per rendermi utile quando c'è la vita di una bambina in pericolo.»

L'agente federale la scrutò a lungo prima di dirle: «Il medico legale è riuscito a isolare frammenti di tessuto epiteliale di un braccio con tracce di bruciature... Non era facile dopo tutto il tempo in cui il corpo è rimasto là sotto».

«Un sadico...»

«Purtroppo. Difficile aspettarsi di meglio da chi rapisce una bambina.»

Per qualche istante rimasero tutte e due in silenzio ma il loro pensiero doveva essere lo stesso: Heather. Heather nelle mani di quel pazzo. Heather che non si sapeva se fosse viva o morta.

«Sono venuta per chiederle la cortesia di accompagnarmi da Theresa Cummings. Vorrei scambiare due parole con lei, domani mattina presto. So che costringerò quella donna a ripetere cose che ha già detto e che sarà stremata dopo questi giorni di angosciosa attesa senza sapere che fine ha fatto sua figlia. Ma so anche che a volte i particolari apparentemente più banali, quelli che la memoria magari non ha preso in considerazione, possono rivelarsi delle ottime tracce. Lei la conosce e spero che la sua presenza renderà più informale la mia visita. Non voglio turbare la signora Cummings più di quanto già non sia.»

«Conti pure su di me, lo farò con piacere.»

Brenda Graham si alzò per indossare di nuovo il giaccone che aveva poggiato sulla spalliera della sedia.

«Grazie.»

Erano già sulla porta quando Nora si decise a farle la domanda alla quale pensava da un po'. «Immagino che nei prossimi giorni parlerete ancora con i genitori di April, per trovare dei collegamenti...»

«Sì. Certo.»

«Per quanto potrà apparirle privo di senso, può cercare di sapere se la parola "girasole" ha qualche significato per loro? Un significato che ha a che fare con April, in qualche modo?»

L'agente federale la soppesò a lungo con lo sguardo. Ma dovette superare il suo esame perché prima di uscire dall'agenzia, nell'aria gelida della sera, le rispose: «Lo farò».

CAPITOLO 32

Incoraggiata dal ritmo regolare del suo russare, Emily si accostò a Frank per controllare che fosse davvero addormentato.

Si augurò che le numerose bottiglie di birra vuote accatastate ai suoi piedi, insieme al sonnifero, avrebbero impedito che si svegliasse mentre cercavano di scappare.

«Ora dobbiamo prendere le chiavi» sussurrò con un filo di voce.

Heather si era appiattita contro il muro, come nella speranza di potersi sottrarre a quello che stava per accadere.

«Non ce la faremo.»

Una bambina da sola andò
e mai a casa ritornò...

Emily scosse la testa per liberarsi da quella cantilena. Tornò sui suoi passi per tranquillizzare Heather.

«Non avremo più un'occasione come questa.»

«Ho paura, Emily. Io non sono come te.»

Perché? Lei com'era?

La verità era che si sentiva stanca e spaventata. L'unica cosa che aveva in più, era la certezza che non ci sarebbero state altre opportunità di salvezza per loro.

Afferrò Heather per le spalle e la guardò dritto negli occhi.

«Dobbiamo andarcene via da qui. Oppure prima o poi ci ucciderà.»

Heather reagì afflosciandosi su se stessa. Le braccia abbandonate lungo i fianchi, gli occhi colmi di lacrime.

«Moriremo comunque.»

«Tua madre ti sta aspettando a casa. Devi farlo per lei.»

Heather annuì lentamente ed Emily approfittò del piccolo varco che sembrava essersi aperto.

«Ora sta' attenta a non fare nessun rumore. Devo prendere le chiavi dalla tasca di Frank.»

«Ma come andremo via da qui? Non sappiamo guidare. Non sai guidare neanche tu, lo so. Siamo solo due bambine...»

Perché? Perché? Perché?

Perché Heather non smetteva? Perché non si rendeva conto quanto fosse difficile anche per lei?

Emily non si voltò a guardarla, mentre mostrava una sicurezza che non aveva: «Andrà tutto bene. Dobbiamo solo stare attente a non svegliarlo».

Vedendola andare verso Frank, Heather fece un deciso cenno di no con la testa. Era terrorizzata e in silenzio stava cercando di dissuaderla dal fare quella pazzia.

Emily decise di non dare ascolto alla paura. Fece finta di non averla vista. Continuò ad avanzare. Piccoli, minuscoli, passi fino a che la punta della sua scarpa quasi sfiorò il divano.

Sentiva l'alito impregnato di birra di Frank e il suo respiro pesante. Il pensiero che potesse svegliarsi all'improvviso e afferrarla per il braccio, senza darle il tempo di reagire, per un attimo la paralizzò.

Avrebbe voluto riavvolgere il nastro degli ultimi minuti e tornare indietro. Non era un film di quelli che vedeva alla tv e il lieto fine non era assicurato. Non era scritto in quel copione che di sicuro i buoni avrebbero vinto e i cattivi perso.

Forse doveva assecondare Heather, tornare insieme a lei ai fornelli, riprendere a cucinare per Frank e dimenticare tutta quell'assurda storia della fuga.

Devi provare. Puoi farcela.

Emily distinse con chiarezza quelle parole, ma la voce non era di nessuno che fosse in quella stanza.

L'aveva solo immaginata?

Guardò Heather per capire se l'avesse udita anche lei, ma era chiaro che la sua amica non aveva sentito niente.

Puoi farcela.

Decise di ignorare il fatto che non vedesse nessun altro e assecondò quella voce.

Senza indugiare oltre, allungò la mano verso la tasca dei pantaloni di Frank. Il rischio che, afferrandole, le chiavi avrebbero fatto rumore era altissimo.

Socchiuse gli occhi per concentrarsi meglio e si protese fino a che non percepì il freddo del metallo sotto i polpastrelli. Afferrò le chiavi, stando attenta che non tintinnassero, e le tirò verso di sé lentamente.

All'improvviso Frank si girò ed Emily tremò al pensiero di quello che avrebbe fatto trovandosela accanto, ma riuscì a frenarsi dallo scattare indietro e rimase immobile, con le mani all'imboccatura della tasca dei pantaloni.

Frank si spostò su un fianco e dopo un attimo riprese a russare.

Approfittando di quel movimento, Emily sfilò via con decisione l'ultimo pezzo delle chiavi.

Aveva la nausea e temette di dover vomitare, ma ora le chiavi erano nelle sue mani.

Arretrò a piccoli passi e con un cenno invitò Heather a

seguirla. Quando raggiunsero la porta d'ingresso, Emily cercò la chiave giusta e la afferrò con tutte e due le mani per farla girare ancora più lentamente nella toppa, in modo che non facesse rumore.

Quando finì di sbloccare le due mandate, si voltò verso Heather.

«Appena siamo fuori, seguimi e sali sul posto accanto a quello di guida.»

«Vai tu. Io non ce la faccio.»

No. Non ora.

«Senza di te non vado via.»

Heather annuì, rassegnata.

Quando aprirono la porta, l'aria gelida della sera le investì, facendo barcollare i loro propositi. Indossavano vestiti troppo leggeri per stare fuori con quel freddo.

Emily cercò di scuotersi.

«Ci scalderemo sul furgone.»

Heather ormai non le rispondeva nemmeno più, paralizzata dalla paura.

La notte era così profonda che era difficile orizzontarsi. Si intravedevano appena il profilo della lingua di terra che più in là si ricongiungeva al Lago Tashmoo e il quarto di luna che lasciava scivolare un'impalpabile scia di luce sull'oceano.

Emily sapeva che si trovavano sulla penisola di Herring Creek. Gettò uno sguardo fugace nel punto in cui si trovava *Promises House*. Avrebbe voluto vederla tutta illuminata, come un faro che l'avrebbe guidata verso la salvezza. Ma la casa era immersa nel buio e solo le luci del giardino erano accese.

Dov'era suo padre? Era partito di nuovo?

No. Doveva pensare che suo padre non era troppo lontano e che se fosse stato necessario l'avrebbe aiutata.

Salì sul furgone e mentre cercava di infilare la chiave

nel quadro controllò che Heather la seguisse.

Aspettò che fosse a bordo anche lei per allungare i piedi sui pedali e girare la chiave dell'accensione. Quando sentì il rumore del motore, provò a inserire la marcia, come le aveva insegnato l'autista che lavorava per suo padre.

Il fracasso di ferraglia che si levò al suo primo tentativo la colse di sorpresa.

«Così Frank si sveglierà!»

Il terrore dipinto sul volto di Heather la fece agitare ancora di più e questo non semplificava le cose.

«Sta zitta!» la apostrofò duramente.

Doveva aver sbagliato qualcosa con i pedali. Provò a spingerli di nuovo e comprese che quello più a destra era l'acceleratore. Si concentrò sull'altro e provò ancora a inserire la marcia.

Doveva muovere il cambio verso il cruscotto e poi rilasciare lentamente la frizione. Ma anche stavolta non ottenne che un fastidioso stridore.

«Che diavolo state facendo?»

Frank era sulla soglia. Barcollava e si poggiava allo stipite, ma era lo stesso un'immagine terribile e minacciosa.

Doveva riuscire a inserire quella maledetta marcia per scappare prima che lui le raggiungesse.

«Sta venendo a prenderci! Sta venendo a prenderci!»

Il grido di Heather le arrivò all'orecchio un attimo prima che, con la coda dell'occhio, la vedesse scendere dal furgone.

«No! Non andare!»

Ma era troppo tardi, perché Frank già la stava inseguendo.

Dio, ti prego aiutala.

Emily provò e riprovò a inserire la marcia e ormai non

le importava più niente del fracasso e dell'odore di bruciato che arrivava dal motore.

Per un attimo le sembrò di esserci riuscita. Il furgone fece un piccolo balzo in avanti. Ruotò il volante a destra, verso la strada sterrata che si allontanava dal cottage.

Il motore si spense di nuovo. Aveva fatto solo pochi metri. Dallo specchietto retrovisore vide Frank che si avventava su Heather e la trascinava verso casa.

Il pensiero di quello che le avrebbe fatto le paralizzò i pensieri.

Non puoi fare niente per lei. Devi andare via. Solo così potrai avvisare qualcuno perché vi aiuti.

Ancora quella voce.

Emily cercò di concentrarsi per non soccombere al terrore. Dopo aver sistemato Heather, Frank si sarebbe occupato anche di lei.

Girò la chiave, spinse la frizione, spostò la leva del cambio.

Questa volta funzionò e il furgone si avviò con un balzo. Procedeva lentamente e faticava a tenere dritto il volante, ma si stava muovendo.

Emily controllò la casa dallo specchietto retrovisore. Tutto sembrava immobile, ma sapeva che Frank non ci avrebbe messo molto a uscire di nuovo. Stava andando piano, e il motore gracchiava, però non voleva cambiare marcia perché aveva paura che il furgone si spegnesse ancora.

La strada in discesa le facilitò il compito. Ma non sarebbe riuscita ad andare lontano a quella andatura.

Un paio di curve e cominciò a orizzontarsi. Più avanti avrebbe incrociato la strada del golf e forse avrebbe trovato qualcuno a cui chiedere aiuto.

In quel momento, però, il furgone si bloccò di nuovo. Non doveva distrarsi e perdere la concentrazione.

Fece un paio di giri di chiave a vuoto. Il motore non voleva saperne di ripartire.

Dai! Dai!

Non doveva pensare a Heather e a quello che Frank le avrebbe fatto. Se fosse riuscita a non farsi riprendere, avrebbe salvato anche lei.

Poi, sollevando gli occhi sullo specchietto retrovisore, vide Frank apparire da dietro l'ultima curva. Correva e aveva in mano una torcia per illuminare il sentiero. Era a piedi ma era veloce. Adesso sembrava completamente sveglio e aveva smesso di barcollare. Si stava avvicinando sempre di più e se non fosse riuscita a rimettere in moto il furgone l'avrebbe raggiunta.

Come diavolo aveva fatto a pensare di essere in grado di guidare un'auto?

Intorno c'era solo il buio. Né case, né luci, né persone, né veicoli che avrebbero potuto darle un qualsiasi aiuto. E Frank si stava avvicinando.

Alla fine il furgone si rimise in moto e con un balzo avanzò di qualche metro.

Incurante del motore che faceva fumo, Emily non sollevò il piede dall'acceleratore. Doveva guidare quasi in piedi per raggiungerlo meglio.

Il pendio si fece più ripido e si ritrovò davanti una curva di cui si accorse solo all'ultimo momento.

Strinse forte al volante per non sbandare.

Se non ricordava male, proprio in fondo alla discesa c'era la strada del Circolo del Golf. Per quanto fosse già buio, non doveva essere troppo tardi e se era fortunata avrebbe incrociato qualcuno.

Poi una nuova curva, a gomito, la colse di sorpresa. Cercò di tenere la strada, ma stavolta non ci riuscì. Girò il volante troppo bruscamente e si avvitò in un testacoda.

Come in un *rallenty* cinematografico, vide l'albero che

si avvicinava sempre di più e ci si schiantò contro.

Per un attimo l'urto la stordì.

Quando riaprì gli occhi, Emily ci mise un po' a capire cosa fosse successo e dove si trovasse. Si toccò la tempia dolente e sentì il polpastrello bagnato. Doveva essersi ferita.

Il furgone non sembrava aver subito molti danni ma il motore faceva fumo e l'albero le bloccava la strada. Non sarebbe riuscita a fare le manovre che servivano per allontanarsi da lì.

Aprì lo sportello e mentre scendeva dal furgone intravide una luce dallo specchietto laterale.

Non fece in tempo a rallegrarsi perché si rese conto che si trattava della torcia che Frank aveva portato con sé.

Una gamba le faceva male, ma comprese che non poteva starsene lì ad aspettare che Frank la riacciuffasse. Doveva scappare a piedi e sperare che qualcuno la aiutasse. Intravide in lontananza le luci del Circolo del Golf e capì che era quella la direzione che doveva prendere.

Corse, più forte che poteva, incurante del dolore alla gamba, del fiato che le mancava e della testa che sentiva bollente. L'unica cosa a cui riusciva a pensare era l'espressione feroce di Frank.

Sapeva che se fosse riuscito a raggiungerla l'avrebbe uccisa.

Il cuore le batteva forte in gola e non sapeva per quanto ancora avrebbe resistito.

Poi vide dei fari in lontananza. Un'auto stava arrivando da dietro la curva. Forse non tutto era perduto.

Andò incontro a quelle luci con il cuore pieno di speranza e fu felice di essere riuscita a raggiungere il centro della strada prima che la macchina fosse passata oltre.

Vide i fari che si avvicinavano. Il pensiero che tutto quel buio non avrebbe permesso a chi era alla guida di accorgersi di lei, se non all'ultimo momento, le attraversò i pensieri solo un istante prima dell'impatto.

Emily sentì il rumore sordo della lamiera che la travolgeva e le sembrò come se il suo corpo non le appartenesse più.

CAPITOLO 33

Il fischio acuto dei macchinari cadenzava l'atmosfera ovattata della rianimazione. L'agente Jack Lowe si avvicinò al vetro e quasi non poteva credere che quel fagotto immobile, con gli occhi lividi e una vistosa benda che le copriva metà del volto, fosse una bambina.

Per i medici del pronto soccorso era viva per miracolo, ma non c'era stato modo di avvertire la famiglia, perché ancora nessuno aveva denunciato la sua assenza.

Magari i genitori la aspettavano ignari a casa, pensando che fosse da una compagna di scuola. Magari la bambina aveva detto loro una bugia e quella bravata si era trasformata in tragedia.

Quando era arrivato sul posto, l'uomo alla guida dell'auto che l'aveva investita aveva dichiarato di essersela ritrovata davanti all'improvviso, proprio in mezzo alla carreggiata, mentre tornava a casa, dopo aver lasciato il Circolo del Golf. La strada era buia e non aveva avuto nemmeno il tempo di frenare.

Per un attimo, quando era arrivata la chiamata, aveva persino sperato che potesse trattarsi della piccola Heather Cummings. Sarebbe stato fantastico se mentre tutti i colleghi si affannavano nelle ricerche – senza più orari o turni di riposo – lui fosse arrivato con la bella notizia.

L'età più o meno corrispondeva. Ma si era subito reso conto che – anche se imbrattati dal fango – i capelli della bambina investita erano indubbiamente biondi e non castani, come avrebbero dovuto essere se si fosse trattato di Heather.

Fine delle speranze.

Mentre seguiva l'ambulanza, per raggiungere l'ospedale, si era messo in contatto con il Dipartimento. Solo per venire a sapere che nessun "missing", nel database dei bambini scomparsi, corrispondeva alla descrizione che aveva fatto ai colleghi. Si rese conto che il medico stava uscendo dalla sala rianimazione e si affrettò a raggiungerlo.

«Come sta la bambina?»

«Non abbiamo ancora completato i controlli, ma ha due costole incrinate e le abbiamo messo diversi punti di sutura. La ferita alla testa è quella che mi preoccupa di più. Abbiamo deciso di indurle un coma farmacologico. Vediamo come passa la notte, e poi decideremo.»

«Quindi non è possibile parlarle.»

«Assolutamente no. Ma se la situazione si stabilizza, già domani proveremo a risvegliarla. Notizie dei genitori?»

«Ancora nessuna, purtroppo.» Gli allungò un bigliettino con il suo numero di cellulare e dopo un lungo sospiro aggiunse: «Ci tenga aggiornati, per qualsiasi cosa. Se non ci sono novità prima, torneremo domani per vedere se è possibile farle qualche domanda».

Anche se, considerate le sue condizioni, forse non se ne sarebbe nemmeno accorta, non gli piaceva l'idea che quella povera bambina trascorresse la notte da sola.

Sarebbe passato al Dipartimento per stendere il verbale dell'incidente e magari – se era fortunato – nel frattempo i genitori si sarebbero fatti vivi.

CAPITOLO 34

Avrebbe dovuto prendere qualcosa per quel mal di testa feroce che lo tormentava, ma aveva già vomitato gran parte delle birre che aveva bevuto quella sera e non voleva peggiorare la situazione mettendo qualcos'altro nello stomaco.

Per colpa di quelle due piccole bastarde, la giornata era cominciata male e finita peggio.

Per fortuna, subito dopo l'incidente, aveva recuperato il furgone e nessuno lo aveva visto. Qualche ammaccatura in più su quel vecchio catorcio non avrebbe di certo attirato l'attenzione.

Aveva dovuto punire con qualche cinghiata la piccola Heather, ma sperava che questo l'avrebbe resa più remissiva. Davvero non sopportava che quelle bambine viziate non fossero gentili con lui e più che contente di servirlo.

Frank Carson spense sotto la scarpa la sigaretta che aveva appena finito di fumare e imbracciò di nuovo il binocolo, che aveva puntato verso *Promises House*.

Non ci aveva messo molto a riconoscere il portasigari d'argento che David Parker teneva tra le mani. Quell'oggetto aveva riacceso un'infinità di ricordi.

Come aveva fatto Parker a ritrovarlo, dopo tanti anni?

L'unica cosa buona era che non gli sembrava un uomo che avesse appena saputo che la figlia creduta morta era invece viva. Era all'oscuro di tutto e così avrebbe dovuto continuare a essere.

Quelle bambine erano state la sua rivincita sul passato, ma all'improvviso la fortuna sembrava avergli voltato le spalle.

Ricordò le parole di sua madre e gli sembrarono un pessimo augurio.

"La felicità non dura per sempre" gli ripeteva ogni volta che la vita gli sbatteva le porte in faccia. E a lui sembrava che mettesse un po' di compiacimento in quell'affermazione, che serviva solo a sottolineare le sue sconfitte.

La verità era che sua madre non riusciva a vedere oltre la vita di sacrifici che aveva sempre fatto e lo aveva trascinato con sé in quell'esistenza senza prospettive. Nemmeno per un attimo doveva aver pensato che si meritasse un futuro migliore. Quando era un bambino lo portava sempre con sé nelle case dove andava a fare pulizie e per tutti era solo il figlio della povera Grace. Di Grace che si spaccava la schiena per quattro soldi.

Per questo si era sentito tanto potente quando aveva rubato quel portasigari d'argento. Aveva solo dodici anni e mettersELO in tasca era stato uno scherzo.

Era così arrabbiato con tutti. Era contento di poterli punire per la loro boria e per il modo accondiscendente con cui lo trattavano.

Ma poi la signora Parker se l'era presa con sua madre ed era diventato impossibile tornare indietro.

In casa sua era ammesso essere poveri, ma non ladri.

Proprio in quei giorni David Parker – il "signorino", come lo chiamava sua madre – era stato operato d'urgenza per un'appendicectomia, e per concedergli un po' di tranquillità avevano sospeso per una settimana i lavori della soffitta, già iniziati.

L'idea era nata in un lampo. Aveva nascosto il portasigari nell'intercapedine e l'aveva protetto con un po' di gesso. Nessuno degli operai se n'era accorto quando avevano dovuto cementare l'ultimo pezzo di muro.

Questo, però, non aveva evitato che sua madre venisse licenziata.

Aveva fatto una sciocchezza, ma era soltanto un bambino. Un bambino pieno di rancore.

Non ne poteva più di essere il figlio della cameriera, di dover rimanere tutto il giorno in cucina ad aspettare che sua madre finisse l'orario di lavoro, mentre David e i suoi amici giocavano in piscina e lo evitavano come la peste.

Aveva lavorato per la loro famiglia per più di dieci anni e avevano impiegato un attimo a metterla alla porta.

Ma ora lui gli aveva portato via Emily.

Che gioia era stata privare David Parker della cosa più preziosa che aveva. L'unica che non avrebbe potuto ricomprare con i suoi soldi.

Adesso il "signorino" se ne stava lì, nel suo studio, a rimirare quel portasigari d'argento, immerso in chissà quali pensieri. Se solo avesse saputo che la sua bambina era ancora viva e che sarebbe bastato andare al *Martha's Vineyard Hospital* per riprendersela...

Ora, però, doveva ragionare su come evitare la catastrofe, si disse Frank Carson mettendo via il binocolo e decidendosi a rientrare in casa. I suoi pensieri di vendetta non dovevano ottenebrarlo.

Aveva già ricordato a Heather cosa succedeva a chi credeva di farla franca con lui, ma rimaneva Emily. Ed Emily al momento rappresentava un grande problema.

Aveva visto da lontano la sua *bambolina* che veniva

caricata sull'ambulanza. Il fatto che non fosse in condizioni di parlare non lo faceva sentire più tranquillo.

Per un attimo aveva pensato di poter agire subito. Si era confuso tra i parenti in attesa al pronto soccorso e si era guardato intorno. Aveva notato l'agente di polizia che aspettava fuori dal reparto di rianimazione e si era reso conto che non era il caso di farsi prendere dal panico e condurre le cose in modo troppo affrettato.

Avrebbe aspettato un momento più tranquillo e il giorno dopo si sarebbe occupato della piccola Emily.

Questa volta, per sempre.

CAPITOLO 35

«Brenda Graham mi ha telefonato mezz'ora fa. La madre di April le ha detto che sua figlia doveva fare le prove per una recita, il giorno prima di essere rapita. E – indovina un po'? – la maestra le aveva assegnato la parte del girasole.»

«Un altro tassello che va al suo posto» osservò Steve, al telefono con lei.

«Solo che non so ancora in che modo questo particolare potrebbe risultare utile per le indagini» sospirò Nora.

Osservò il panorama oltre la finestra della cucina e si sentì come le fronde degli alberi agitate del vento. Un soffio potente mescolava le tessere del puzzle che le avrebbe dovuto permettere di capire. E lei non poteva fare altro che osservarle, impotente, mentre si libravano nell'aria, si urtavano tra di loro, si avvitavano su se stesse confondendo il disegno che aveva bisogno di mettere a fuoco.

April... Emily... Heather...

Qual era il filo che collegava i loro dolorosi destini?

«Ci sei?»

La voce di Steve la richiamò alla realtà.

«Sono qui. Scusami.»

«Stavi pensando a Heather?»

«Sì» ammise Nora. «Perché per lei forse potremmo ancora fare qualcosa. Se è ancora viva.» Poi aggiunse: «È tutto il giorno che mi chiedo come mai April sia stata rapita a Springfield e poi il suo corpo sia stato sepolto qui a Martha's Vineyard. E vorrei sapere cosa lega April, Heather ed Emily. Perché se il rapitore aveva il fazzoletto della figlia di David, deve aver avuto a che fare anche con lei».

«Comunque si tratta di qualcuno che si muove a suo agio a Martha's Vineyard...»

«L'Fbi ha una mappatura per i colpevoli e i sospettati di crimini contro i bambini. Nell'elenco non c'è nessuno che risieda abitualmente qui.»

«Può essere nuovo a questo tipo di attività. Magari qualcosa ha messo in moto la sua follia.»

Già. Poteva essere tutto, ma lei non riusciva ad afferrare il bandolo della matassa.

«Mi dispiace. Dopo una giornata di duro lavoro, telefoni a tua moglie e ti ritrovi a parlare ancora di omicidi e di rapimenti.»

«Se devo dirla tutta, hai più intuito investigativo di molti miei colleghi.»

«Continua. Continua pure. Mi piace essere lusingata.» Nora si chinò per gratificare con qualche carezza Dante, che continuava a strusciarsi contro le sue gambe. «Quanto devi rimanere ancora al Dipartimento?» chiese poi a suo marito.

«Ho una riunione tra poco. E appena finisco torno a casa. Non troppo presto, temo.»

Nonostante la stanchezza che trapelava nella sua voce, Nora sapeva che Steve amava il suo lavoro di responsabile della Squadra Detective della polizia di

Boston e che non si sarebbe mai sognato di farlo con minore coinvolgimento.

«Mi manchi» gli disse prima di salutarlo.

«Anche tu.»

Qualche volta era strano parlare insieme delle loro giornate, mentre cenavano e si preparavano ad andare a dormire in case diverse.

Ma l'amore non è cosa che si possa dare per scontata, a nessuna età. L'amore richiede cura, volontà e attenzione, si disse Nora. E lei sapeva di volerli dedicare a Steve.

Dopo aver riattaccato il telefono, si preparò un paio di sandwich per cena e riempì di croccantini la ciotola del suo gattone fulvo. Aveva lasciato in salone "Il potere dell'intenzione" di Wayne Dyer e lesse qualche pagina del libro davanti al camino.

Decise di raggiungere la camera da letto che era quasi mezzanotte, sentendosi abbastanza stanca da provare a dormire.

Non riusciva a togliersi dalla mente il volto sorridente di April, come appariva nelle foto che i giornali avevano pubblicato per dare la notizia del ritrovamento nella *Correllus State Forest*.

Era sempre difficile accettare la fine di una vita così giovane.

Cosa aveva vissuto April nelle sue ultime ore? E quanto si era sentita disperata?

Nora si impose di abbandonare quei pensieri. Si preparò per andare a dormire e accettò di buon grado che Dante le facesse compagnia sistemandosi ai piedi del letto. Era una di quelle notti in cui, più delle altre, le avrebbe fatto piacere che Steve fosse con lei.

Per quanto facesse il possibile per fare il vuoto nella sua mente, non riusciva a smettere di pensare. Perché mai il messaggio che Debbie le aveva riportato faceva riferimento ad April e alla parte da girasole che le era stata affidata nella recita? Non perché avrebbero potuto salvarla. Il medico legale aveva detto che era morta da almeno un mese.

Quindi?

Quindi, passando attraverso April, potevano scoprire qualcosa che li avrebbe portati a Heather.

Questo sì che avrebbe avuto senso.

Spostando lo sguardo sull'orologio, Nora si rese conto che erano quasi le due e che se continuava così avrebbe passato la notte insonne. Si alzò a sedere per bere un bicchiere d'acqua e provò a leggere ancora qualche riga del libro. Aveva spento di nuovo la luce quando udì un leggero tintinnio e non riuscì subito a rendersi conto di cosa fosse. Poi il suono si ripeté e comprese che si trattava dell'arrivo di nuovi sms sul suo cellulare.

Ma continuava, ancora e ancora, senza fermarsi.

Quanti messaggi stavano arrivando? Perplessa, prese il telefono dal comodino.

Cosa stava succedendo? Qualcuno le stava facendo uno scherzo? O il suo cellulare era impazzito?

Vide che i messaggi apparivano privi di mittente.

Aprì il primo, ma era vuoto. Nessuna scritta, nessuna parola. Niente di niente. Ma nel frattempo continuavano ad arrivarne altri e la suoneria sembrava impazzita. Sfogliò i successivi, con il cuore in gola, e si rese conto che nel campo dei messaggi cominciavano ad apparire delle parole.

Nei primi tre c'era scritto: LUNA. Nei successivi due: STELLA. E poi, in rapida successione: UNA LUNA E UNA STELLA, UNA LUNA E UNA STELLA, UNA LUNA E UNA STELLA...

Perché?

Per quanto non fosse la prima volta, Nora dovette

fermarsi a sedere sul letto. Ciò che la colpiva era l'urgenza di quelle parole ripetute all'infinito. E la sensazione che non ci fosse più tempo da perdere.

Perché quella luna e quella stella erano così importanti?

Pensò che la cosa migliore da fare fosse silenziare il cellulare e nasconderlo nel cassetto, per sottrarsi all'ansia degli sms che continuavano ad arrivare. Indossò una vestaglia e, anche se era ancora notte, decise di scendere al piano di sotto. Dante la seguì sulle scale e le rimase accanto per tutto il tempo che ci mise per prepararsi il caffè, e anche mentre si sedeva al tavolo della cucina per berlo.

Qualcuno – e lei sapeva bene che non poteva trattarsi che di qualcuno che non era più in vita – voleva che lei si concentrasse su quella manciata di sillabe.

Una luna e una stella...

E l'unica domanda che riusciva a farsi era: quelle parole riguardavano ancora April? O questa volta si trattava di Heather?

CAPITOLO 36

Erano passate da poco le sette di mattina quando Frank Carson finì di sistemare nel grosso mastello di plastica le foglie secche da portare via e gettò il rastrello nel retro del furgone.

Non aveva voluto dare nell'occhio non presentandosi al lavoro, ma la terra gli bruciava sotto i piedi.

Aveva rubato il giornale da uno dei giardini incrociati durante il percorso. Per fortuna non c'erano foto ad accompagnare l'articolo. Ma il faccino di Emily non doveva essere un bello spettacolo dopo l'impatto.

Nelle poche righe del trafiletto sull'incidente si diceva che la bambina investita non aveva ancora, purtroppo, un'identità. I medici le avevano indotto un coma farmacologico e questo, dal suo punto di vista, rappresentava una fortuna. Per il momento la ragazzina non avrebbe parlato e lui doveva soltanto evitare che lo facesse in futuro.

Certo, era stato un errore non ucciderla prima. Ma adesso doveva mettere via i pensieri fatti col "senno di poi" e cercare di non perdere il controllo della situazione.

Forse non tutto era perduto.

Per una volta, il fatto che l'avessero cacciato via dall'ospedale gli sarebbe tornato utile. Aveva sistemato la divisa in una sacca e sapeva già come servirsene.

«Frank! Mi senti, Frank?»

Diamine! La voce della padrona di casa lo aveva fatto sussultare. Fremeva per andarsene via da lì e mettere in atto il suo piano, ma doveva stare attento a non dare nell'occhio. Rispose a quel richiamo con tutta la gentilezza che poteva.

«Mi dica, signora Dixon.»

«Sei arrivato presto, stamattina. Ma per fortuna ero sveglia da un po'. Devo rimborsarti i soldi del fertilizzante che ti ho chiesto di comprare la settimana scorsa.»

Gli lasciò nel palmo della mano otto dollari e quarantacinque centesimi, monetine comprese. Non aveva nemmeno arrotondato, la spilorcia.

Se avesse potuto, glieli avrebbe tirati addosso quei pochi spiccioli.

Sempre così. Più soldi hanno e più ci stanno attenti.

«Grazie, signora Dixon» disse invece.

Stava già per andarsene, ma purtroppo la donna aveva voglia di parlare.

«Hai saputo della bambina ritrovata nella *Correllus State Forrest*? È difficile credere che stiano succedendo cose tanto terribili...»

«Viviamo in un brutto mondo.»

«Ah, sì. Prima Emily. Ora il rapimento di Heather. Stephanie è distrutta per quello che è successo.»

Quelle parole pronunciate inconsapevolmente gli fecero gelare il sangue nelle vene. Perché era proprio il tipo di informazione che avrebbe fatto sobbalzare sulla sedia i poliziotti che lo stavano cercando. L'anello di congiunzione tra lui e le due bambine.

Che stupido era stato a non averci pensato!

«Mi dispiace per Stephanie. Non sapevo che le conoscesse» mentì.

«In realtà Heather è venuta solo un paio di volte per accompagnare sua madre, che doveva aiutarmi in cucina. Pensavo che l'avessi vista, mentre giocava con Stephanie in giardino.»

Frank strinse forte i pugni lungo i fianchi, l'espressione del viso impassibile. «Quando sono preso dal lavoro, non mi accorgo di niente.»

Quindi sollevò il polso per controllare l'orologio. «Adesso se mi vuole scusare... Ho un altro giardino che mi aspetta per una potatura.»

Non si voltò verso di lei mentre saliva sul furgone e sperò che la signora Dixon non si accorgesse della sua agitazione.

La situazione gli stava sfuggendo di mano e doveva rimediare al più presto, portando Emily via dall'ospedale e liberandosi di lei. Anzi, la cosa migliore era liberarsi di tutte e due le bambine.

Gli avevano offerto un lavoro a Providence e forse avrebbe dovuto approfittarne per mettersi alle spalle quella storia, una volta per tutte.

CAPITOLO 37

L'investigatore privato John Riley si guardò intorno e pensò che anche all'interno *Promises House* era maestosa come già prometteva dalla facciata e dal giardino. Si chiese se la tela appesa alla parete del salone fosse un Rothko originale, e poi sorrise di tanta ingenuità. Era evidente che la sua vita modesta non gli dava la giusta prospettiva sulla ricchezza altrui.

«Il signor Parker arriverà subito. Ancora una tazza di caffè?»

Dopo averlo fatto accomodare, la governante di casa Parker aveva fatto il possibile per metterlo a suo agio e davvero era riuscita a farlo sentire un ospite di riguardo. La regola, in una casa come quella.

«Grazie. Volentieri.»

Abbandonò per un attimo la tazza sul tavolo e si avvicinò al dipinto per contemplarlo da vicino.

Quadri così uno come me li vede solo sui cataloghi o sulle riviste d'arte, pensò. E si chiese cosa rendesse suggestive quelle semplici pennellate e quegli accostamenti di colori.

«Scusi se l'ho fatta aspettare, signor Riley.»

La voce di David Parker, alle sue spalle, lo fece sentire come un bambino pescato con le mani nella marmellata.

162

Si era avvicinato a pochi centimetri della tela, per studiarla meglio, e non avrebbe voluto apparire tanto naïf con il suo cliente.

«Sono un appassionato di Mark Rothko» si giustificò, raggiungendolo per salutarlo con una stretta di mano.

Il padrone di casa appariva diverso dall'uomo solido e di successo fotografato su tutti i giornali. Di lui lo colpì soprattutto lo sguardo stanco di chi non dormiva sonni tranquilli.

Un attimo dopo aver servito il caffè anche al signor Parker, la governante si dileguò dalla stanza.

«In cosa posso esserle utile?» chiese allora l'investigatore.

L'altro rimase qualche secondo in silenzio prima di rispondergli.

«Si tratta di una vecchia storia e non so nemmeno io perché senta il bisogno di risolverla dopo tutto il tempo che è passato, ma... Vorrei ritrovare la domestica che lavorava per la mia famiglia trent'anni fa.»

Riley tirò fuori dalla tasca della giacca penna e taccuino. «Cosa mi può dire di lei?»

«Si chiamava Grace Walker.»

«Il cognome è il suo o del marito?»

«Non lo so. Immagino fosse sposata perché aveva un figlio un po' più piccolo di me.»

«Si ricorda come si chiamava?»

Parker fece cenno di no con la testa.

«Sa dove abitava la signora Walker?»

«Mi dispiace. Ero poco più che un bambino a quei tempi e i miei genitori non ci sono più...»

Riley esitò un attimo prima di chiedere: «È possibile conoscere il motivo per cui vuole ricontattarla dopo tanti anni?».

Il proprietario di casa tirò fuori dalla tasca della giacca

un'elegante scatola d'argento che aveva avvolto in un fazzoletto di seta.

«Mia madre l'accusò ingiustamente del furto di questo portasigari, che apparteneva a mio padre, e la licenziò in tronco dopo tanto tempo che lavorava per noi. Ho ritrovato il portasigari ieri, per caso, e ho scoperto che non è mai uscito da questa casa. Così sento che devo chiedere scusa a Grace a nome della mia famiglia.»

L'investigatore restò colpito da quel desiderio di riparare un vecchio torto di cui Parker non era personalmente responsabile.

«Ed è tutto quello che può dirmi di Grace Walker?»

«Purtroppo sì.»

Quel caso era poco più che normale amministrazione, per la sua agenzia investigativa. Era stato un poliziotto per tanti anni e niente lo intrigava di più di un po' di sana adrenalina.

Il suo desiderio di avventura avrebbe dovuto rimanersene a riposo, ma era anche grazie a casi come quello che poteva pagare i conti a fine mese.

Riley rimise in tasca il taccuino e si alzò dal divano.

«Le farò avere notizie al più presto, stia tranquillo» rassicurò il suo nuovo cliente, congedandosi.

CAPITOLO 38

L'atmosfera del *The News from America* era accogliente e movimentata, come sempre all'ora di pranzo.

Guardandola addentare le sue alette di pollo con tanta disinvoltura, Nora pensò che, anche se la conosceva solo da poche ore, Brenda Graham sembrava il tipo di donna che le sarebbe piaciuto essere quando aveva la sua stessa età.

Appariva sicura di sé e indifferente a quello che pensavano gli altri. Qualcosa nel suo sguardo diceva che sapeva, che aveva vissuto, che aveva attraversato.

«Mi scusi se ho cominciato senza aspettarla» si giustificò l'agente del Federal Bureau, mentre Nora si accomodava al tavolo. «Ma ho saltato anche la colazione e non mettevo niente sotto i denti da ieri sera.»

Poi, quando il cameriere si avvicinò, ordinò una birra e le chiese se le avrebbe fatto compagnia.

«Per me andrà bene un bicchiere di vino rosso.»

«E da mangiare?»

«Un sandwich al pollo, grazie.»

Brenda aspettò che il cameriere si fosse allontanato, prima di aggiornarla, come le aveva promesso invitandola al *The News from America*.

«Dovremmo parlare del suo sesto senso, signora Cooper.»

Nora la guardò senza capire.

«La mamma di April Taylor mi ha chiamato stamattina. Si ricorda che mi aveva detto che April doveva fare le prove della recita, il giorno prima di essere rapita? Non sapeva se potesse esserci utile, ma aveva dimenticato questo particolare e visto che ieri ne avevamo parlato... In realtà April non ha mai partecipato a quelle prove, perché quel giorno erano andate al funerale di una vicina di casa.»

Forse allora quel "girasole" poteva portarle da qualche parte, pensò Nora, che invece disse: «I suoi colleghi avranno già fatto dei controlli al momento del rapimento, no?».

«Non lo metto in dubbio. Ma ripercorrere le strade già percorse non è mai un errore, né tantomeno una perdita di tempo. Se le piste battute dagli investigatori non hanno portato da nessuna parte – come nel caso di April – vuol dire che qualche indizio si è camuffato bene. La verità lascia sempre qualche traccia, magari difficile da vedere o da interpretare, ma da qualche parte deve esserci. E allora bisogna insistere.»

Nora annuì. «Se l'omicidio di April è collegato al rapimento di Heather Cummings, come anche voi ormai sospettate, allora c'è un importantissimo motivo in più per fare le cose in fretta.»

L'altra abbandonò le sue alette di pollo e si pulì le mani con il tovagliolo.

«Per ora siamo a caccia delle analogie e stiamo cercando di ricostruire il profilo del nostro colpevole, per avvicinarci a lui più di quanto siamo riusciti a fare in questi giorni. Il reperto del medico legale ha stabilito che sul corpo di April non ci sono segni di violenza sessuale.»

«Non si tratta di un pedofilo, dunque.»

Brenda fece cenno di no con la testa.

«April è rimasta in vita circa un mese dopo che è stata rapita. L'ha tenuta con sé, l'ha nutrita e poi l'ha uccisa. Si ricorda delle bruciature di cui le ho parlato? Secondo il patologo, potrebbero essere, viste la forma e le dimensioni, bruciature di sigarette...»

«Perché l'ha rapita?» non riuscì a trattenersi dal chiedere Nora.

L'agente federale fece un profondo sospiro.

«Cercare il "perché" di certi gesti psicotici può rivelarsi impresa ardua.»

«D'accordo, ma se davvero si tratta della stessa persona, se ha aspettato un mese prima di uccidere April, allora abbiamo qualche speranza di ritrovare Heather ancora viva» sottolineò Nora. «Anche se Emily Parker è morta dopo soli pochi giorni.»

«Emily Parker sembra non rientrare nello stesso *modus operandi*. Potrebbe essere scivolata accidentalmente mentre cercava di scappare. Oppure potrebbe non essere riuscito a rapirla...» Poi bevve un lungo sorso della sua birra prima di aggiungere: «Dobbiamo capire come ragiona. Il nostro uomo non le prende con sé per scopi sessuali. Questo fa pensare che preferisce confrontarsi più con bambine che con persone adulte. Le bruciature di April mi fanno sospettare che le punisce se non si comportano bene. Possibile che sia stato a sua volta una vittima e adesso cerca di esprimere la sua superiorità su un mondo per sua natura indifeso come quello dei bambini».

Lo squillo del cellulare interruppe le sue riflessioni.

«Ciao, Thomas.» Quindi rimase qualche secondo in ascolto. «Arrivo subito. Ci vediamo là.»

Era già in piedi quando si rivolse a Nora per spiegarle: «La bambina investita ieri sera. Anche se è piena di ferite e abrasioni, una delle infermiere ha notato sulle sue braccia segni che hanno tutta l'aria di essere bruciature di sigarette. Ha informato la polizia pensando a maltrattamenti da parte dei genitori. Ma a noi è venuto subito in mente altro. Burns sta già andando in ospedale».

CAPITOLO 39

Il tenente Thomas Burns attraversò a passo sostenuto il corridoio del *Martha's Vineyard Hospital.* Arrivò davanti alla stanza numero dodici, dove gli avevano detto che quella mattina era stata trasferita la bambina ancora senza identità, e fu sorpreso che un'infermiera si frapponesse tra lui e la porta.

«Non c'è. E comunque non è ora di visite» gli comunicò con fermezza la donna.

Lui tirò fuori il distintivo dalla tasca. «Polizia.» Poi aggiunse: «Che vuol dire che non c'è?».

«Ho iniziato il turno solo ora, dovevo prenderle la temperatura. Mi sono affacciata nella stanza e ho visto che non c'è. L'avranno portata nel reparto radiologia per qualche esame. Povera bambina. Si sa niente dei genitori?»

Burns fece finta di non aver sentito la domanda. Al momento aveva altre priorità.

«Può informarsi da qualche collega per sapere tra quanto la riporteranno nella stanza?»

Non si era mai sentito troppo portato per i convenevoli, ma qualcosa gli rodeva dentro da quando aveva saputo delle bruciature di sigarette.

L'infermiera, nel frattempo, si era messa sulla difensiva.

«Andrò a chiedere alla caposala.»

«Grazie.»

L'agente Jack Lowe, che la sera prima si era occupato del verbale dell'incidente, era pronto a tornare in ospedale per vedere se sarebbe riuscito a parlare con la bambina. Ma la telefonata dell'infermiera aveva messo in agitazione tutto il Dipartimento.

Bruciature di sigarette sulle braccia di April Taylor. Bruciature di sigarette sulle braccia della ragazzina investita.

La coincidenza era tale da apparire perlomeno sospetta.

Rimaneva il fatto che nessuna denuncia di scomparsa combaciava con la descrizione della bambina: come avrebbe mai potuto intuire che avesse a che fare con i casi di April Taylor e Heather Cummings?

«Allora?»

Voltandosi a quell'interrogativo, si ritrovò faccia a faccia con Brenda Graham e riconobbe nei suoi occhi la stessa scintilla che anche in lui si accendeva quando le indagini lo mettevano su una nuova pista.

«Sembra che l'hanno portata a fare qualche indagine diagnostica. Non ho capito bene.»

«Pensi anche tu che possa avere a che fare con il nostro caso?»

«Mi chiedo solo come mai nessuno abbia denunciato la scomparsa della bambina.»

Brenda guardò oltre le sue spalle.

«Sta arrivando un medico, vediamo se può darci qualche informazione in più.»

Sembrava diretto verso la stanza dodici. Lo raggiunsero insieme, ma fu Brenda a chiedergli: «Come sta la bambina investita? È in grado di parlare?».

«Ha passato una notte tranquilla. Ci siamo accorti che aveva anche una polmonite piuttosto seria e abbiamo iniziato una terapia antibiotica. Se mi volete scusare, sto andando da lei.»

Il tenente scambiò uno sguardo con la sua collega.

«Non è in camera. Devono averla portata al piano di sotto per qualche esame.»

«Non c'era nessun esame in programma per oggi. E non avremmo permesso che venisse spostata.»

«Può controllare, per essere sicuro?» lo invitò l'agente federale.

Il medico apparve seccato che mettessero in discussione qualcosa di cui aveva assoluta certezza, ma probabilmente comprese dalle loro espressioni che c'era qualcosa che non andava.

Si allontanò per raggiungere la stanza degli infermieri, qualche metro più in là, e tornò da loro dopo un paio di minuti.

«La caposala ha controllato il registro delle visite specialistiche e delle terapie. Come vi avevo detto, non c'era nessun esame in programma per oggi.»

«E allora com'è che la bambina non è nella sua stanza?» sbottò Burns.

L'infermiera con cui aveva parlato qualche minuto prima tornò con una collega.

«C'era lei quando hanno portato via la bambina. È venuto un collega con una barella.»

«Lo conosce? Sa dirci come si chiama?» chiese Burns alla giovane infermiera, che era rimasta un po' in disparte.

«Non credo di averlo mai visto prima. Era di spalle, si stava dirigendo verso l'ascensore e non si è voltato. Ha detto qualcosa sul fatto che la paziente aveva in programma una Tac... Mi è sembrata una cosa normale.

Non ci ho prestato tanta attenzione.»

Brenda era sulle spine. «Quanto tempo fa l'hanno portata via?»

«Almeno una mezz'ora, se non di più.»

Thomas Burns non riuscì a trattenersi dal battere un pugno contro il muro.

Nonostante fosse evidente che non avrebbero trovato nessuno, si diresse insieme alla collega verso la camera numero dodici. Il letto era vuoto e la cannula della flebo sgocciolava sul pavimento. Qualcuno l'aveva tagliata in modo piuttosto grossolano.

Lo sguardo di Brenda Graham era pieno di disappunto.

«Chi ha preso la bambina sarà già fuori dall'ospedale.»

Il suo collega non riuscì a trattenere un gesto di stizza. «Mi serve l'elenco di tutti i medici e i paramedici di turno questa mattina. Voglio sentirli tutti. Uno per uno.»

Accartocciò il pacchetto chiuso di sigarette che da giorni teneva nella tasca e lo buttò in un cestino.

«Ormai ha già finito il turno» aggiunse lei, con una nota di amarezza, «ma facciamo due chiacchiere anche con l'infermiera che ci ha chiamato per segnalare le bruciature delle sigarette. Magari ci può fornire qualche elemento in più per capire chi sia questa bambina che ci siamo fatti portare via da sotto il naso.»

CAPITOLO 40

Heather giaceva immobile in un angolo dello scantinato. I segni delle cinghiate le bruciavano sulla schiena, ma niente più la riguardava. Aveva spento il pianto, il dolore, il desiderio. Nemmeno del freddo le importava.

I suoi genitori non l'avrebbero mai trovata e nessuno sarebbe riuscito a salvarla.

Il pensiero di Emily continuava a tormentarla.

Cosa le era successo? Era morta?

Se fosse riuscita a scappare, a quell'ora la polizia sarebbe stata già lì. La cosa più probabile era che Frank fosse riuscito a riprenderla e avesse nascosto il corpo da qualche parte.

Non doveva finire così. Emily l'aveva incoraggiata e sostenuta nei momenti più difficili, e ora insieme a lei se n'erano andate tutte le speranze.

Il rumore della porta dello scantinato che si apriva la colse di sorpresa. Non poteva già essere ora di cena e Frank avrebbe dovuto essere ancora al lavoro. Heather riconobbe i suoi passi pesanti ed ebbe paura, come sempre le succedeva quando lui si avvicinava.

La fioca luce delle scale ne illuminò la sagoma. Sembrava che portasse un fagotto sulle spalle.

Heather arretrò ancora. Avrebbe voluto dissolversi o scomparire, affinché non potesse più farle del male.

Ma Frank la ignorò. Lasciò scivolare il fagotto sul pavimento e con passi lenti, senza dire una parola, si riavviò su per le scale.

Lo scantinato era insonorizzato e Heather non poteva sapere cosa stesse facendo. Forse era uscito di nuovo, altrimenti l'avrebbe portata al piano di sopra per fare le pulizie e preparare la cena.

Cos'era quel fagotto che aveva buttato nell'angolo?

Non si fidava di Frank, così decise di rimanere immobile al suo posto. Ma nel silenzio udì una specie di rantolo provenire proprio da lì.

Cosa poteva esserci sotto quel fagotto?

La luce fioca della lampadina permetteva di distinguere appena la forma delle cose. Dal gemito che aveva udito poco prima, poteva trattarsi di un animale.

Heather decise di avvicinarsi con cautela. Era ormai a pochi passi quando qualcosa si mosse.

La paura la fece indietreggiare.

Ma poi il suo sguardo cadde su un ciuffo di capelli biondi e un terribile dubbio la assalì.

Il battito del cuore era diventato frastuono e il respiro le si era bloccato in gola. Fece appello a tutto il coraggio che aveva e sollevò un lembo della ruvida coperta che avvolgeva il fagotto. Impiegò qualche secondo a riconoscere Emily nel volto tumefatto che si ritrovò davanti.

«Oh, mio Dio! Mio Dio! Emily... Che ti ha fatto, Emily?»

Era così immobile da sembrare morta, ma forse non lo era se aveva sentito quel rantolo, poco prima.

Avvicinò l'orecchio al suo petto e percepì un respiro flebile. Emily era ancora viva e lui l'aveva buttata su quel pavimento come una cosa vecchia. Si capiva che stava molto male e forse le sue speranze erano appese a un filo, ma intanto era viva.

Le liberò il viso dalla coperta per facilitarle il respiro. Era uno strazio vedere com'era ridotta, ma per quanto non riuscisse neppure a guardarla, non poteva lasciarla lì a morire.

Qualcuno le aveva messo dei punti e fatto delle medicazioni. Avevano cercato di curarla, ma Frank se l'era ripresa.

Emily aveva fatto in tempo a parlare?

Probabilmente no, visto che Frank non sembrava avere nessuna fretta di scappare.

Non sapeva cosa fare e l'unica cosa che le venne in mente fu di bagnare un lembo del suo vestito e di avvicinarlo alle labbra di Emily per rinfrescarla.

Si rese conto che la sua fronte era bollente. Stava molto male, ma era chiaro che Frank non aveva nessuna intenzione di curarla.

Cosa posso fare? Me lo devi dire tu, Emily, perché io non sono forte e coraggiosa come te.

Dio. Era così pallida.

Heather prese uno dei canovacci che insieme ad altri vecchi stracci usavano come cuscino, lo bagnò sotto il rubinetto e lo mise sulla fronte di Emily, come sua madre faceva con lei quando aveva la febbre alta.

Quella memoria di accudimento e di amore accrebbe la sua disperazione.

Si lasciò scivolare sul pavimento accanto all'amica, così da poter sentire se aveva bisogno di qualcosa.

Era solo una bambina. Tutte e due non erano che bambine.

E l'unica cosa di cui avevano bisogno era che qualcuno le amasse e si prendesse cura di loro.

CAPITOLO 41

4 novembre

«Mi chiedo come fai a mancarmi tanto quando non siamo insieme.»

Steve, seduto al tavolo della cucina, mangiava i *pancake* che aveva preparato per lui e continuava a fissarla mentre lei riempiva le tazze di caffè.

Non erano più due ventenni ai primi sussulti emotivi ed erano sposati ormai da quasi un anno, ma Nora si scoprì a considerare molto sexy il modo che Steve aveva di guardarla.

«Devo prenderlo come un complimento?»

«I miei colleghi si lamentano sempre che il matrimonio è la tomba dell'amore.»

Nora si lasciò andare a una risata sincera. «Mi dispiace tanto per loro, dev'essere davvero triste tornare la sera a casa con questo spirito.» Bevve un sorso di caffè e poi gli chiese: «Cos'hai in programma per oggi?».

«Qualche commissione e poi una partita a tennis con il mio amico Mike Matthews. Piuttosto, hai tempo per mangiare un boccone insieme all'ora di pranzo?»

«Ti raggiungerò al Circolo del Tennis, perché prima voglio passare a fare una visita a Theresa. Ho in mente anche di telefonare a Brenda Graham per sapere se c'è qualche novità sulla bambina investita. Spero che non mi consideri una scocciatrice.»

«È pazzesco che siano riusciti a portarla via dall'ospedale con tanta facilità.»

«Stanno controllando tutti i dipendenti, ma il sospetto è che possa trattarsi di un esterno.»

«Che ha avuto facilità a trovare una divisa da paramedico.»

«Già. Deve essersi appostato per aspettare il momento giusto. Durante la mattina c'è un gran movimento e non tutti fanno caso a un infermiere che porta una paziente a fare degli esami. So che hanno trovato la barella nei sotterranei, dove c'è anche il parcheggio: deve essere sceso in ascensore e ha caricato la bambina in macchina.»

«Ha rischiato molto.»

«Ed è stato molto fortunato» commentò Nora, con un sospiro di sconforto.

Chiunque fosse la bambina senza nome, la sua libertà era durata solo poche ore.

Il pazzo che l'aveva portata via dall'ospedale era lo stesso aguzzino dal quale stava cercando di scappare quando era stata investita? A rifletterci bene, sembrava la cosa più probabile.

Ma quel che più tormentava Nora era la sensazione di qualcosa che le stava sfuggendo. Una sensazione terribile quando la vita di due bambine era appesa a un filo.

«Non hai mangiato niente» notò Steve.

«Non ho molta fame stamattina» gli rispose cominciando a sparecchiare.

Solo in quel momento, spostando il tovagliolo, si accorse del piccolo pacchetto che Steve doveva averci nascosto sotto.

«E questo?»

«Ho il terribile dubbio che sia per te.»

Dio come amava il sorriso di suo marito.

«Lo sai che non è il mio compleanno, vero?»

«È solo per festeggiare i dieci mesi, due settimane e tre giorni del nostro matrimonio.»

Nora rise divertita.

«E che ricorrenza è?»

«Di quelle non scontate, che piacciono tanto a te.»

Grazie, Signore, di avermi regalato quest'uomo, recitò Nora in silenzio. Quindi si decise ad aprire il suo pacchetto. Lo scartò con la curiosità di una bambina e nella scatola di velluto blu del gioielliere trovò un paio di orecchini formati ciascuno da un unico, scintillante, piccolo diamante.

«Volevo qualcosa che fosse luminoso ed elegante come te. Te l'ho già detto che ti amo?»

Nora si alzò per abbracciarlo ed era così commossa da non trovare le parole giuste.

«Sono bellissimi. Ti amo anch'io.»

E poi la lampadina si accese.

«Mio Dio! Gli orecchini...»

Si slacciò dall'abbraccio e corse in salone, al computer, a ricontrollare gli articoli dei giornali che aveva esaminato solo pochi giorni prima.

Steve la seguì, preoccupato. «Tutto bene, tesoro? Ho fatto qualcosa che non va?»

«Ma come ho fatto a non pensarci prima?! *Una luna e una stella...* Era così semplice. E gli sms sono arrivati ieri notte, proprio quando la bambina era ricoverata in ospedale.»

Mostrò a Steve la foto che stava cercando.

«È un pensiero folle, ma devo parlare subito con l'infermiera che ha notato le bruciature sul braccio.»

Ora anche Steve appariva sconvolto.

«Pensi che quella bambina...»

«Non lo so, non lo so, non lo so.» Nora si lasciò scivolare sulla sedia. «Ma questo spiegherebbe il sogno con Vanessa e l'urgenza di quei messaggi sul cellulare.»

CAPITOLO 42

Il sole e il cielo terso, che regalavano a Martha's Vineyard una bellissima giornata d'autunno, avevano spinto David Parker ad accomodarsi sul divanetto di vimini, sistemato nel patio, armato di penna e taccuino. Aveva davanti a sé il giardino di *Promises House*, il molo, l'oceano, l'orizzonte.

Aveva deciso di prendersi quel tempo per concentrarsi sulla lista che aveva promesso di fornire alla polizia e sapeva di non poterlo fare a cuore leggero.

Il pensiero di Emily era un canto delle sirene pieno di insidie. E l'idea che qualcuno fosse coinvolto nella sua morte era un nuovo tormento che ancora non riusciva ad affrontare. Un'altra bambina, però, era stata rapita e non aspettava che di essere ritrovata.

Faceva freddo, ma non riusciva nemmeno ad accorgersene.

Non immaginava che potesse essere così difficile ricostruire un elenco delle persone che, in qualche modo, erano entrate in contatto con sua figlia, concentrandosi in particolar modo sui giorni che avevano preceduto quel maledetto 4 luglio.

Aveva dovuto chiedere aiuto a Rose e si era reso conto di quanto poco partecipasse alla vita di sua figlia.

Riepilogò mentalmente quello che aveva già appuntato. Appena arrivati a Martha's Vineyard avevano prenotato delle lezioni individuali di nuoto per Emily. Una ragazza di nome Kate sarebbe andata da loro ogni martedì e ogni giovedì mattina.

Doveva ricordarsi di chiederne al Circolo cognome e indirizzo, per farli avere alla polizia.

Poi c'era l'istruttore di tennis, il mercoledì pomeriggio...

Smise di tormentare il pulsante della penna e ne appuntò il nome sul foglio: John Crayton. Lo conosceva bene, perché qualche volta se ne era servito per mantenersi in allenamento.

Infine annotò le persone che lavoravano per lui e che, occupandosi di *Promises House*, avevano l'opportunità di incontrare sua figlia tutti i giorni.

Pensò che sarebbe stata una buona idea elencare anche i ristoranti che frequentavano. La polizia avrebbe provveduto a fare ulteriori indagini sul personale. E forse doveva chiedere a Rose in che negozi andassero quando capitava che uscissero insieme.

E gli amici?

Si rese conto di non aver scritto nomi di bambini in quell'elenco che piano piano si stava animando.

La verità era che non sapeva molto dei ragazzini che Emily frequentava. Ricordava a malapena qualche volto. Lasciava che la cuoca preparasse qualcosa di appetitoso, quando sua figlia ne invitava a pranzo qualcuno, ma il più delle volte non aveva tempo di fermarsi a fare due chiacchiere con loro.

Per quanto si sentisse ferito alla sola idea, avrebbe chiesto a Rose di aggiungere lei i nomi dei bambini che sua figlia frequentava a Martha's Vineyard. Lasciò andare la penna sul tavolo e chiuse gli occhi.

Era stato difficile accettare che Emily non ci fosse più e ora le indagini della polizia riaprivano una ferita che non si era mai chiusa. Era un tormento immaginare che avessero voluto, di proposito, fare del male a sua figlia.

Un pazzo? Qualcuno che ce l'aveva con Emily? O con lui?

Il peso della responsabilità lo schiacciava. Perché – comunque fosse – non era stato in grado di proteggere la sua bambina.

Il cellulare che aveva poggiato sul tavolinetto, accanto al taccuino, prese a squillare. Riconobbe sul display il nome dell'investigatore privato che aveva assunto e decise di rispondere.

«Buongiorno, signor Riley. Qualche novità?»

«Non molto buone, purtroppo. La signora Grace Walker è morta sei anni fa. È rimasto il figlio, Frank. Non ha un'utenza telefonica intestata, ma se vuole posso darle l'indirizzo.»

E così la sua speranza di poter riparare a quell'ingiustizia si era spenta nel giro di qualche ora.

«Grazie, signor Riley. Mi mandi pure la parcella e provvederò subito al pagamento di quanto le spetta.»

Appuntò distrattamente su un pezzo di carta, che poi infilò nel portafoglio, l'indirizzo del figlio di Grace.

La verità era che non sapeva se l'avrebbe mai usato.

Ciò che importava davvero era che non avrebbe avuto l'occasione di scusarsi con quella donna per il modo in cui la sua famiglia l'aveva trattata, dopo averla accusata ingiustamente per un furto che non aveva commesso.

E solo in quel momento David Parker si rese conto che erano altre le colpe da cui, con quel gesto, stava cercando un'assoluzione. Colpe ben più grandi. Colpe per le quali sua figlia, ormai, non poteva più offrirgli il suo perdono.

CAPITOLO 43

A differenza dei suoi pensieri, il cielo di quella mattina appariva limpido come non succedeva da giorni. Faceva freddo e la *Joseph Sylvia State Beach* era deserta, ma Thomas Burns se ne stava lì, con un bicchiere di caffè caldo in mano e un sandwich, in una busta, che non aveva nessuna voglia di mangiare.

Non era il momento di contemplare le meraviglie della natura, né aveva l'umore giusto per farlo. Aveva soltanto bisogno di concedersi qualche minuto, prima di tornare al Dipartimento, per recuperare la lucidità di cui aveva bisogno.

Non ricordava nemmeno da quanto tempo non facesse quattro ore filate di sonno o un pasto decente, e sentiva la testa pesante. Ma l'amaro che avvertiva in bocca era soltanto il sapore del fallimento.

Come diavolo era riuscito a farsi portare via quella bambina da sotto il naso?

Non sapevano ancora chi fosse, ma chissà quante doveva averne passate. La dinamica dei fatti, e la tempistica, sembravano suggerire che il suo stesso aguzzino fosse andato in ospedale a riprendersela.

O meglio, lui aveva permesso che se la riprendesse.

«Un buon posto per fare colazione. Non so la cucina, ma la vista è magnifica.»

Brenda Graham stava in piedi, a un passo da lui, con un bicchiere di caffè in una mano e l'altra sprofondata nelle tasche. Thomas non si soffermò sulle sue labbra morbide e ben disegnate che aveva considerato un privilegio poter baciare.

Il vento le agitava i lunghi capelli castani e ancora una volta si ritrovò a darsi dello stupido per averla persa.

«Ho visto la tua macchina sulla strada» gli spiegò. «Posso sedermi?»

Lui annuì. «Sei già stata al Dipartimento?»

«Ci stavo andando, pensavo di trovarti lì.»

«Qualche novità dal Federal Bureau?»

«Abbiamo controllato il database delle denunce di scomparsa, estendendo la ricerca anche ad altri Stati, ma per ora niente. Nessun risultato combacia con le caratteristiche della bambina investita.»

«Eravamo a un passo. Potevamo salvarla e forse avrebbe potuto portarci da Heather Cummings.»

Brenda si soffermò sul suo profilo prima di dirgli: «Non potevi sapere. Non potevamo sapere».

«Ma il risultato è stato disastroso. Non riesco a non essere infuriato con me stesso.»

«Il nostro lavoro ci insegna tutti i giorni a non sentirci onnipotenti. Ci assumiamo il rischio di sbagliare. E questo è il prezzo che dobbiamo pagare per salvare ogni tanto qualche vita umana.»

Lui scosse la testa. «Be', sto prendendo troppa confidenza con gli errori, ultimamente.»

Brenda cercò il suo sguardo. «Thomas, non è colpa tua se Allison Mitchell è stata uccisa.»

Conosceva i suoi fantasmi ed era una donna intelligente. Come poteva pensare che fosse così facile alleggerire il peso delle sue responsabilità?

«Suo padre ci ha visto» ricordò Burns. «E prima di uccidersi le ha sparato. Non dovevamo cercare di entrare in casa.»

«E pensi che il problema sia solo che si è accorto della vostra presenza? Aveva già ucciso sua moglie e i due fratellini di Allison nel sonno. Non l'avrebbe risparmiata. Quell'uomo era uno squilibrato. L'unica cosa che potevate fare era tentare il tutto per tutto.»

Già. Ma il fantasma di Allison aveva continuato a perseguitarlo. La psicologa del Federal Bureau l'aveva incontrato regolarmente, due volte la settimana per sei mesi, e aveva detto che era pronto per tornare al lavoro.

Ma la verità era che non era pronto. Perché non voleva che qualche altro bambino perdesse la vita per colpa sua. Così aveva chiesto il trasferimento in un posto più tranquillo, in un Dipartimento più tranquillo. E guarda com'era andata a finire.

Aveva fallito e la vita l'aveva messo davanti a una nuova prova.

«Senti, Thomas...»

Il tono improvvisamente intimo di Brenda lo spinse a voltarsi verso di lei.

«Sei un pessimo compagno, ma un ottimo poliziotto. Non ti perdonerò mai per quello che mi hai fatto, però l'Fbi non può perdere un uomo come te perché un'operazione è finita male. Se accetti una sfida puoi anche perderla, sennò l'alternativa è starsene fermi a guardare. Ma noi non siamo capaci di fare gli spettatori e questo lo sai anche tu. Quindi dobbiamo assumerci il rischio che le cose possano anche andare male. Allora... dimentichiamoci che quella bambina era in ospedale, a un passo da noi, e smuoviamo mari e monti per ritrovarla.»

Un po' gli dispiaceva che qualcuno conoscesse tanto

bene le sue debolezze, ma le parole di Brenda erano tutto fuorché un discorso di circostanza.

Fece un lieve cenno, con la testa, che voleva essere di ringraziamento. Sapeva che lei non gli avrebbe permesso di dire altro sulla loro storia finita male, quindi quella conversazione finiva lì.

Tornò sull'argomento che a tutti e due premeva di più.

«Ho mandato un agente al *Martha's Vineyard Hospital* per ritirare gli effetti personali e la cartella clinica della bambina investita. Ormai dovrebbe essere già di ritorno. Facciamo un salto al Dipartimento e vediamo se troviamo qualcosa che può aiutarci.»

Si alzò in piedi e allungò una mano per aiutare Brenda a fare lo stesso.

Forse prolungò la stretta più del dovuto o si soffermò troppo a lungo con lo sguardo sulle sue labbra. Fu una sua impressione o Brenda non si ritrasse all'istante come si sarebbe aspettato?

Il trillo del cellulare nella tasca lo rubò a quella che forse era solo un'illusione.

«La signora Cooper» spiegò, dopo aver controllato il display. Quindi rispose e rimase in ascolto. Una profonda ruga gli si disegnò sulla fronte. «Grazie. Facciamo un salto al Dipartimento, poi passiamo subito da lei.»

Si accorse che Brenda lo fissava con sguardo interrogativo. «Ti spiego in macchina. Non puoi nemmeno immaginare quello che mi ha detto. Se la sua ipotesi è giusta, ci siamo fatti abbindolare tutti ben bene.»

CAPITOLO 44

Lo strofinaccio che usava per rinfrescare la fronte di Emily si asciugava ormai sempre più in fretta e Heather si alzò per bagnarlo ancora.

La febbre doveva essere aumentata e la sua amica non aveva ripreso conoscenza da quando Frank l'aveva riportata nello scantinato. Si lamentava e ogni tanto diceva parole senza senso. Delirava.

Prima di rimetterle la pezza bagnata sulla fronte, Heather le inumidì le labbra e fece scivolare qualche goccia d'acqua nella sua bocca.

Era ormai chiaro che Frank non si sarebbe più occupato di Emily. Non la curava, non le dava da bere, né si preoccupava che non riuscisse a mangiare.

Aveva deciso di lasciarla morire.

Ma lei non poteva starsene lì a guardarla, senza fare niente.

Quella mattina, quando era salita per preparare la colazione a Frank, anche se era terrorizzata e aveva le mani che le tremavano, era riuscita a prendere la boccetta di antibiotico che Emily aveva trovato nella credenza la sera in cui avevano deciso di scappare. L'aveva nascosta nella tasca dei pantaloni e lui non si era accorto di niente.

Non sapeva quanto farmaco avrebbe dovuto darle, né se così avrebbe peggiorato la situazione, ma era certa che se non avesse fatto qualcosa per aiutarla, la sua amica sarebbe morta.

Prese il misurino di plastica contenuto nella confezione e lo riempì fino al bordo. Sollevò la testa di Emily e fece un po' di pressione con il cucchiaino sulla bocca, per costringerla a dischiudere le labbra. Parte del liquido andò persa, ma quello che riuscì a farle inghiottire per il momento poteva bastare.

Speriamo che funzioni...

Sua madre, ricordò, diceva che l'antibiotico andava preso a intervalli regolari. Ma lei non aveva modo di controllare l'ora. Decise che gliel'avrebbe dato subito dopo cena, quando Frank la rimandava nello scantinato, e poi dopo aver fatto le pulizie della mattina.

Devi farcela, Emily. Ti prego.

Nascose la boccetta dell'antibiotico sotto la coperta, sperando che Frank non se ne sarebbe accorto. Poi si rincantucciò in un angolo e cercò di pregare.

Pregò per Emily, che sembrava non reagire più, e per se stessa. Pregò per la fine di quell'incubo e per le loro famiglie. Pregò perché gli angeli le aiutassero.

CAPITOLO 45

«Non può essere...»

David Parker era confuso, sconvolto, incredulo. E quelle erano le uniche parole che era riuscito a pronunciare davanti agli orecchini che l'infermiera del pronto soccorso aveva tolto alla bambina investita appena era arrivata in ospedale. Una luna e una stella.

«Sono di Emily, giusto?» gli chiese Nora. «Mi sono ricordata di averglieli visti nelle foto che i giornali avevano pubblicato dopo la sua scomparsa.»

Non poteva certo dire degli sms che l'avevano tormentata con quelle due parole – *una luna e una stella* – soltanto perché capisse. Messaggi di cui adesso comprendeva tutta l'urgenza.

David teneva lo sguardo fisso sulla bustina trasparente nella quale gli orecchini erano stati repertati dalla polizia, e annuì.

«Glieli avevo comprati solo pochi giorni prima. Aveva appena fatto il buco alle orecchie e il gioielliere le aveva detto di non cambiarli per un po'. Li indossava anche il 4 luglio...»

Brenda Graham li aveva già confrontati con gli altri due, che Emily non aveva indossato e che il padre aveva conservato in un cassetto. Non sembrava esserci ombra di dubbio che fossero le parti mancanti delle coppie.

L'agente federale scambiò uno sguardo con Nora. «Abbiamo controllato la cartella clinica dell'ospedale, e anche il gruppo sanguigno coincide.»

«Una delle infermiere» aggiunse Burns, «ci ha detto che aveva una cicatrice a forma di sette proprio sotto il ginocchio sinistro.»

«Era caduta dalla bicicletta due mesi prima della fine della scuola.» A quella nuova conferma, David Parker vacillò, travolto da emozioni contrastanti che sembrava incapace di gestire. «Per tutto questo tempo... Credevo che Emily fosse morta e invece lei stava ancora attraversando il peggiore dei suoi incubi. Avrei dovuto cercare un modo per aiutarla, smuovere mari e monti per riportarla a casa... e invece ho solo cercato di non pensare. Non mi perdonerò mai per questo, se le succedesse qualcosa.»

Il tenente annuì. «Avremo i risultati dell'analisi del Dna tra qualche giorno. Ma a questo punto non mi sembra che possano esserci molti dubbi.»

Il silenzio che scese nella stanza era irreale.

La gioia, l'impotenza, la rabbia e la paura si confondevano in un amalgama vischioso.

Emily era viva.

Emily era stata a un passo dal suo ritorno a casa.

Emily era in fin di vita, con una brutta polmonite, un paio di costole incrinate e tutte le conseguenze dell'incidente in cui era stata investita, nelle mani di un pazzo.

«Cosa hanno detto i dottori? Quanto può resistere la mia Emily senza le loro cure?» Il padre sollevò lo sguardo e l'imbarazzo che lesse negli occhi dei suoi interlocutori non lo rassicurò.

«Non lo sanno» ammise Brenda Graham.

«Dovete ritrovarla.» E il tono era quello di una supplica. «Tenente...»

«Faremo il possibile.»

Nora si avvicinò per stringergli le mani. «David, dobbiamo aver fiducia.»

Rose si affacciò titubante nella stanza, con il telefono in mano.

«Il signor Bradley... Vuole parlare con lei. Per quella risposta che stava aspettando. Dice che è importante.»

«Non ora. Lo richiamerò io.»

La domestica uscì dalla stanza e David Parker non riuscì a non pensare a quanto fosse strana la vita. Fino a un'ora prima quella risposta gli sembrava la cosa più importante del mondo. E adesso non gliene importava più niente del film, della bancarotta e di cosa avrebbero pensato gli altri del suo fallimento.

Si alzò dal divano e raggiunse la finestra.

Tutto quello che sapeva era che non sarebbe riuscito a stare fermo, non sarebbe riuscito a mangiare né a dormire. Niente sarebbe stato più importante fino a che la polizia non avesse ritrovato Emily.

«Per tutto questo tempo mia figlia era qui, nascosta da qualche parte, e io non ho fatto niente per lei.»

Nora si sistemò intorno al collo il foulard di seta. La cervicale le faceva male da quando si era svegliata. «David, non potevi sapere. Non potevamo sapere.»

«È riuscito a ingannarci. Ci ha fatto credere che fosse morta» ruggì il padre, la testa bassa sulle mani strette a pugno. «Noi avevamo perso le speranze, e lui se l'è ripresa.»

CAPITOLO 46

E così si erano riuniti tutti a casa di David Parker!

Parlavano fitto da una ventina di minuti e l'atmosfera non sembrava delle migliori. Quei due poliziotti avevano mostrato qualcosa al padrone di casa, che anche con il suo potente binocolo non aveva potuto distinguere.

Da qualche minuto Frank Carson se ne stava a spiare quello che succedeva a *Promises House* e non gliene fregava niente del freddo.

Perché gli investigatori erano andati dal padre di Emily? Avevano scoperto che era lei la bambina investita? O continuavano a indagare su Heather?

La signora Cooper era quella dell'agenzia immobiliare di Oak Bluffs. Non era la prima volta che la vedeva con Parker e si era premurato di sapere chi fosse. Ma perché continuava a mischiarsi tanto in fatti che non avrebbero dovuto riguardarla? La cosa giusta da fare era continuare a tenerla d'occhio, per essere sicuro che non si fosse messa in testa di rompergli le uova nel paniere.

Le cose belle non durano per sempre.

L'aveva sempre pensato che quella frase fosse di cattivo augurio. Aveva avuto qualche mese di felicità con le sue bambine, però ormai non poteva più tirare la corda e correre il rischio di finire in prigione per il resto dei suoi giorni.

Il vento freddo gli tagliava le mani, ma decise di aspettare ancora un po' prima di mettere giù il binocolo e di rientrare. Aveva come il presentimento che il cerchio si stesse stringendo intorno a lui e non era una sensazione piacevole.

Per quanto la sorte di Emily e di Heather fosse ormai segnata, non voleva che lo prendessero in contropiede prima che mettesse in atto il suo piano. Avrebbe cambiato nome e identità, si sarebbe trasferito a Providence e avrebbe cominciato una nuova vita.

Non gliene fregava niente di quella casa mezzo diroccata che nessuno avrebbe mai comprato e che presto sarebbe caduta a pezzi. La sua libertà era molto più importante di quei miseri spiccioli.

Per non destare sospetti, avrebbe detto al signor Parker e alla signora Dixon che gli avevano offerto un buon impiego altrove; e vista la fatica quotidiana con cui sopravviveva, nessuno si sarebbe stupito che il povero Frank andasse via, in cerca qualcosa di meglio di quei pochi lavoretti saltuari. Avrebbe lasciato le bambine nello scantinato, dove nessuno le avrebbe mai trovate. Ci avrebbero pensato il tempo e la mancanza di cibo a fare il resto.

CAPITOLO 47

5 novembre

Stringere forte il volante non le avrebbe permesso di annullare la distanza che li separava da Springfield, ma Brenda Graham considerò che rimaneva comunque un ottimo modo per tenere a bada la tensione.

«A cosa pensi?»

Thomas Burns era stato in silenzio per tutto il tragitto. Si era accomodato nel sedile accanto a quello di guida, le gambe distese, le braccia allacciate sul petto e lo sguardo nascosto dagli occhiali da sole. Erano saliti in macchina ormai da un'ora e credeva che si fosse appisolato, ma doveva essere rimasto a osservarla da un po'.

«Sto riflettendo su quanto sia stato incredibile scoprire che Emily Parker è ancora viva. Ma ci pensi? Tre mesi nelle mani del pazzo che l'ha rapita. Non vorrei essere nei panni di suo padre: dev'essere un tormento trovarsi così in bilico tra felicità e disperazione.»

«Scoprire che la figlia è viva e non sapere cosa le è successo, o se la rivedrà mai... No. Non vorrei essere neanch'io nei suoi panni.»

L'agente federale rimase qualche istante in silenzio, come cercando di dare una forma al suo pensiero. «Se non fosse stato per la signora Cooper, forse avremmo perso altri giorni preziosi. Non so come faccia, ma quella donna è incredibile.»

«Già. Penso che abbia un ottimo intuito e che sarebbe un ottimo poliziotto.»

Brenda sorrise. «Meglio di molti colleghi. Visto com'è stata utile alle indagini, pensavo di comunicarle la nuova pista che stiamo seguendo.»

«Sono d'accordo con te. È in apprensione per le bambine e sarà sollevata nel sapere che forse siamo vicini alla meta.»

L'agente federale prese il cellulare dal portaoggetti e dopo aver infilato gli auricolari richiamò dalla memoria il numero di Nora.

«Ci sono delle novità, signora Cooper. Una nuova traccia» le annunciò soddisfatta. «Il giorno del funerale, un'amichetta di April ha detto di averla vista allontanarsi con un certo Tony Brennan, un ventenne con precedenti per molestie a minori. La bambina non aveva detto niente, perché aveva giurato ad April che non l'avrebbe fatto. Ma ora che ha saputo che April non c'è più, si è sentita sciolta dalla promessa.»

Mentre ascoltava la risposta della sua interlocutrice, Brenda si lasciò andare a un sorriso. «Sì, è stato il suo "girasole" a condurci al funerale e a Brennan. April aveva confidato alla sua amica che quel giorno Tony le aveva fatto delle *avances* e che lei era scappata. Non aveva detto niente ai suoi genitori. Aveva paura che si arrabbiassero perché aveva seguito Tony e aveva mentito dicendo che si fermava a casa di una compagna di scuola...»

Thomas si stiracchiò.

«Sto andando a Springfield con il tenente Burns. Tony Brennan è già stato fermato. Lo torchieremo finché non ci dice dove si trovava quando April, Emily e Heather sono state rapite.»

Dopo essersi congedata da Nora, Brenda rimise il cellulare al suo posto, ma tenne gli auricolari.

«Ti spiace se sento un po' di musica?»

Sapeva che i gruppi rock che lei amava non rientravano nei suoi gusti musicali ed era una buona consuetudine del passato – quando si frequentavano più assiduamente – che nessuno dei due interferisse nelle scelte musicali dell'altro.

«Fai pure» rispose Thomas. «Ne approfitterò per riposare un po'.»

Si accomodò meglio sul sedile e chiuse gli occhi.

Brenda selezionò la sua playlist preferita e si immerse in un vecchio brano dei R.E.M. Aveva addosso tutta l'eccitazione che avvertiva ogni volta che seguiva una nuova pista, amplificata dal senso di responsabilità che sentiva verso quelle bambine.

I R.E.M. l'avrebbero aiutata a tenere accese le sue emozioni.

Sperava con tutta se stessa che le novità riguardanti Tony Brennan permettessero loro di trovare Emily Parker e Heather Cummings. E forse solo a quel punto l'immagine del piccolo cadavere di April, e del suo candore tradito dal mondo, si sarebbe pian piano sfocata.

Il fatto che Burns fosse con lei la tranquillizzava. Non sarebbe mai stato un buon marito – non il suo, perlomeno – ma era un ottimo poliziotto. Forse il migliore che avesse mai incontrato. E magari il fatto che le avesse spezzato il cuore non era che un segno del destino. Perché chi sceglieva una vita complicata come la loro, non poteva pretendere di mettere su famiglia o di condurre un'esistenza "normale".

Avrebbe potuto essere bello, ma non sarebbe stato.

Questi non sono pensieri da te, Brenda Graham. Basta con

questa roba lacrimevole, si intimò.

Non amava vivere nei rimpianti. Né aveva tempo, o voglia, di piangersi addosso.

Stop.

Cambio immagine.

Si voltò appena, solo per vedere che Burns, accanto a lei, aveva ancora gli occhi chiusi. Ormai non mancava più molto. Prese in mano il telefono e avvisò i suoi colleghi di Springfield che nel giro di un'ora sarebbero arrivati.

Tornò a stringere forte il volante e giurò a se stessa che se quel Tony Brennan era in qualche modo implicato nei tre rapimenti, non gli avrebbe dato tregua finché non le avesse confessato dove aveva nascosto Heather ed Emily.

CAPITOLO 48

Quando era ormai vicina alla Main Street Nora controllò l'orologio, senza distogliere l'attenzione dalla guida, e si rassicurò. Erano già le tre e mezza del pomeriggio, ma anche con quei tempi stretti sarebbe riuscita a raggiungere l'Ufficio del Registro di Edgartown prima che chiudesse, per richiedere l'atto di proprietà che le serviva per concludere una vendita.

Non aveva dormito granché quella notte, travolta dalle notizie e dalle novità delle ultime ore. E anche la mattinata era stata affollata di impegni, ma confusa.

Emily era viva!

Non era morta come il pazzo che l'aveva rapita aveva cercato di far credere a tutti, ed era stata così vicina al ritorno a casa che era impossibile non continuare a tormentarsi per questo.

Più andava avanti e più comprendeva l'urgenza dei messaggi arrivati sul suo cellulare. Quarantasette. Tutti con le stesse due parole: *una luna e una stella*.

Il suo più grande rammarico restava quello di non aver capito in tempo. Non era stata abbastanza veloce a collegare quel dettaglio agli orecchini indossati da Emily nelle foto che la ritraevano sui giornali dopo la sua

198

scomparsa. Non era riuscita a farlo prima che fosse portata via dal *Martha's Vineyard Hospital* e dalle sue speranze di salvezza.

All'improvviso comprese la sensazione di solitudine e di smarrimento che l'aveva afferrata alla gola quando era andata ad Aquinnah, vicino alla scogliera sulla quale credeva che Emily fosse morta.

Emily aveva paura, Emily si sentiva sola e abbandonata perché si trovava nelle mani di un pazzo, che era riuscito a raggirare tutti.

Era difficile perdonarsi per questo. E poteva capire il tormento di David Parker, che avvolgeva come una cappa scura la felicità di sapere sua figlia ancora viva.

Ormai era chiaro a tutti che i destini di April, di Heather e di Emily erano stati uniti dai progetti folli di un pazzo che le aveva rapite.

La telefonata di Brenda Graham di poche ore prima sembrava aprire uno spiraglio di speranza. Anche il dettaglio del girasole aveva acquistato un senso.

Le prove della recita erano importanti solo perché April non c'era andata. E non c'era andata perché quel giorno era morta una vicina di casa. E al suo funerale aveva incontrato Tony Brennan.

Quella pista si sarebbe rivelata risolutiva come tutti loro speravano?

Le margherite del fazzoletto di Emily. Il nome di April. Il girasole. Una luna e una stella.

E le farfalle che aveva visto librarsi in volo dalla mano di Vanessa?

Forse avevano a che fare con Tony Brennan.

Avrebbe avuto modo di saperlo quando Brenda Graham e Thomas Burns sarebbero tornati da Springfield.

Sollevò gli occhi sull'elegante edificio a due piani, color

rosso scarlatto, con colonne bianche dipinte a contrasto, e si rese conto di essere arrivata.

La telefonata di Meg le arrivò un paio di minuti dopo, quando aveva appena finito di parcheggiare.

«Come sta Sean?» chiese a sua figlia.

«Le colichette sono passate e forse stanotte riusciremo finalmente a dormire.»

«Una buona notizia.» Poi Nora non aggiunse altro per dare il tempo a sua figlia di dirle quello che – comprese – si stava preparando a dirle.

«A proposito di Emily...» esordì infatti Meg. «Non so se sia il momento giusto, ma... David Parker mi aveva chiesto di buttare via tutti gli scatoloni con le cose che appartenevano a sua figlia.»

«Un uomo disperato, lo capisco.»

«Be', ho sgombrato tutta la soffitta e fatto un po' di beneficenza, ma quegli scatoloni non sono proprio riuscita a buttarli. Sono nella mia cantina. Non so se ho fatto bene e forse non è ancora il caso di dirlo a David Parker, ma volevo che tu lo sapessi.»

«Lo considero di buon augurio. Lo diremo a David quando Emily tornerà a casa.»

Dopo aver salutato Meg, Nora si diresse verso l'Ufficio del Registro. Con l'assenza di Judith, gli impegni e gli arretrati si erano accumulati, ma per niente al mondo le avrebbe fatto pressione per occuparsi del lavoro lasciando Theresa da sola in quel momento così difficile.

«Buonasera, signora Reynolds» salutò, entrando.

L'anziana e unica impiegata dell'Ufficio del Registro era un'energica donna di mezz'età i cui occhi vivaci facevano capolino sotto una frangia sempre impeccabile. In qualche occasione, tra una pratica e l'altra, la signora Reynolds le aveva raccontato dei suoi giovedì del bridge, del suo Circolo di lettura e si era fermata con lei a discutere di questioni di giardinaggio.

«Buonasera, signora Cooper. È un po' di tempo che non ci vediamo.»

«Ormai Judith riesce a fare tutto prima che io me ne renda conto. Ma in questi giorni sono sola in agenzia e...»

«Già, la povera Theresa Cummings. Non mi sembra che ci sia ancora nessuna notizia della sua povera bambina.»

«Purtroppo no.»

Evelyn Reynolds finì di sistemare alcuni documenti su una scaffalatura vicino alla sua scrivania e la raggiunse.

«In cosa posso esserle utile?»

«Avrei bisogno di rintracciare una copia dell'atto di proprietà di un terreno vicino alla Herring Creek Beach.» Le mostrò un foglio. «Ho appuntato qui i dati.»

Dopo un rapido controllo, l'impiegata prese un enorme faldone e ne sfogliò le pagine fino a soffermarsi su una mappa che doveva essere quella dell'area di cui Nora stava cercando la documentazione.

«Ah... Si tratta del terreno che confina con la "casa delle farfalle"...»

«La casa delle farfalle...?»

Quelle parole la spiazzarono e probabilmente la signora Reynolds se ne accorse.

«Io la chiamo ancora così, la casa di Grace Walker, anche se da tanti anni nessuno lo fa più. Grace aveva appeso sui muri del portico un'infinità di farfalle di ceramica. Ma credo che non ne sia rimasta più nessuna.»

Nora gettò un'occhiata sulla mappa.

«La casa che si trova sulla punta di Herring Creek? Credevo fosse disabitata...»

«Il proprietario è il figlio di Grace. Ecco qui... Frank Walker. Ma credo che ora si faccia chiamare con il cognome da nubile della madre... Carson... Frank

Carson.»

Il cuore di Nora era un turbine di emozioni. Passeggiava proprio in prossimità della "casa delle farfalle" quando si era sentita come la Miranda del quadro di Waterhouse, qualche giorno prima. E poi c'era stato quel sogno ben nitido in cui le farfalle spiccavano il volo dalla mano di Vanessa.

Non poteva trattarsi solo di un caso.

«Tutto bene, signora Cooper?»

Si accorse solo in quel momento dello stampato davanti a lei.

«Deve firmare la richiesta dell'atto.»

«Scusi, Evelyn. Ecco qua.»

Nora scrisse il suo nome sul foglio e glielo restituì.

«Sarà tutto pronto la prossima settimana.»

Quando si allontanò verso il parcheggio, la testa e i pensieri erano presi da ben altro. Si trattava di una coincidenza piuttosto strana che esistesse una "casa delle farfalle" e che si trovasse a Herring Creek. E lei non era una persona che sottovalutava l'importanza delle coincidenze.

Adesso, piuttosto, doveva cercare di capire chi fosse quel Frank Carson e come mai Vanessa avesse cercato di dirle che lui, o la "casa delle farfalle", avevano qualcosa a che fare con la scomparsa di Emily.

CAPITOLO 49

Le ombre della sera cominciavano a scivolare sulla penisola di Herring Creek e, seduta in macchina, Nora non poté fare a meno di chiedersi cosa diavolo ci facesse appartata in un posto poco visibile dalla strada, all'interno di una proprietà privata.

In quella stagione faceva buio presto e se fosse stata una donna ragionevole avrebbe aspettato il giorno dopo, prima di precipitarsi in quella che un tempo era la "casa delle farfalle" e che in quel momento pareva solo un cottage semidiroccato.

Sembrava impossibile che qualcuno vivesse in tanta desolazione, ma da quello che le aveva detto l'impiegata dell'Ufficio del Registro il figlio di Grace Walker doveva abitare ancora lì.

Non aveva avuto più notizie dal tenente Burns e dall'agente Graham e non voleva disturbarli in un momento tanto delicato per le indagini con qualcosa che non sapeva nemmeno lei quale consistenza avesse.

Alla fine, per quanto si sentisse a disagio, e avesse anche un po' paura, decise di scendere dalla macchina. Ormai era lì e non aveva senso tornarsene a casa per rimanere con il dubbio che fossero proprio quelle le farfalle alle quali Vanessa voleva che pensasse.

Richiuse lo sportello della macchina, attenta a non far rumore, anche se era tutto spento e sembrava non esserci nessuno in casa.

Forse il proprietario non abitava più lì; forse, semplicemente, non era ancora tornato.

Nora percorse a piedi la distanza che la separava dall'abitazione, cercando segni che le fornissero qualche informazione e giustificassero la follia che stava facendo, di andarsene in giro da sola, in una proprietà privata, quando era ormai quasi buio.

Nonostante la costante tentazione di tornare indietro, raggiunse il perimetro della casa. I muri erano scrostati e le imposte delle finestre chiuse. Nella parte anteriore della costruzione c'era un piccolo portico. Notò numerosi chiodi, in gran parte arrugginiti, piantati nel muro. Su uno pendeva ancora un pezzo di ceramica colorata. Dovevano essere i chiodi sui quali un tempo erano appese le farfalle di Grace Walker, ma, scomparse quelle, nessuno si era preso la briga di toglierli.

Nora continuò il suo giro di perlustrazione. Il cottage non era tanto grande e non impiegò molto tempo per percorrerne i quattro lati. Dall'interno non arrivava alcun rumore e nessuna luce penetrava da dietro le imposte.

«Heather... Emily...» sussurrò.

Per quanto folle fosse l'idea, aveva la speranza che, se fossero state rinchiuse là dentro, le bambine l'avrebbero sentita.

«Heather... Emily...»

Che cosa stava cercando? Davvero sperava che sarebbe stato così facile? Che le avrebbe ritrovate e riportate a casa sane e salve?

Eppure, c'erano le farfalle...

Quando svoltò dietro l'ultimo angolo, Nora si accorse

che accanto alla costruzione principale, che non occupava più di ottanta, novanta metri quadrati, c'era un vecchio capanno degli attrezzi. Decise di allungarsi fin lì. La porta non era chiusa a chiave. Abbassò lentamente la maniglia e la spinse per entrare. Il cigolio dei cardini la bloccò sulla soglia.

Col fiato in gola, rimase immobile, in attesa di una conseguenza o di una reazione, che per fortuna non ci furono. Tutto, lì intorno, taceva.

C'erano solo lei, la sua paura e le sue speranze che forse sarebbero state deluse.

Il capanno era sporco e ingombro di vecchi oggetti e di attrezzi per il giardino. Un secchio più nuovo, vicino alla porta, attrasse la sua attenzione. Sopra c'era poggiato uno straccio di quelli che si usano per pulire per terra. Era ancora bagnato.

Nora lo avvicinò al naso e percepì il profumo di un detergente. Qualcuno aveva usato recentemente quello strofinaccio per pulire.

Nonostante il degrado e l'abbandono, quella casa non era disabitata. Forse nel giro di pochi minuti il proprietario sarebbe tornato per cena. Cosa avrebbe potuto raccontargli? Che cercava due bambine rapite e che aveva avuto il sospetto che potessero trovarsi proprio lì?

Decise che era arrivato il momento di tornare a casa. Richiuse la porta del capanno e si avviò verso la macchina. Il tragitto non era lungo, ma all'improvviso si era fatta forte la sensazione di essere osservata.

Forse per il buio che si era fatto più impenetrabile, o forse per la suggestione, Nora si fermò e si guardò intorno, ma non vide niente di insolito. C'erano solo lei e la sua assurda curiosità, che non le aveva permesso di aspettare la luce del sole e una telefonata di Brenda

Graham o del tenente Burns.

Era così agitata che non si accorse di aver perso, accanto al capanno, il foulard di seta che portava intorno al collo.

Aveva quasi raggiunto la macchina quando un improvviso rumore, come di rami secchi spezzati, le raggelò il sangue. Affrettò il passo. Forse si trattava solo di un animale in cerca di cibo, ma non aveva nessuna intenzione di sincerarsene. Aveva i nervi a pezzi e comprese che era arrivato il momento di allontanarsi da lì.

CAPITOLO 50

Nascosto dietro uno dei cespugli, Frank Carson rimase a osservare la macchina della signora Cooper che si allontanava nel buio. Per un attimo gli era sembrato che si fosse accorta della sua presenza, ma forse aveva pensato che si trattasse solo di suggestione. O aveva avuto paura.

Che diavolo era andata a fare fin là?

Per fortuna, appena tornato dal lavoro, si era messo a osservare con il binocolo *Promises House*, come ormai faceva tutte le sere, e aveva visto l'auto arrivare.

Che la signora Cooper non fosse là per una visita era chiaro. Aveva ficcanasato intorno alla casa e a un certo punto si era messa a chiamare Heather ed Emily.

Che cosa sapeva? Che cosa l'aveva portata fino a lui?

Visto che era andata da sola, era chiaro che non aveva ancora parlato con la polizia. Forse non aveva abbastanza elementi a sostanziare i suoi dubbi e aveva fatto solo un tentativo. Magari si era convinta che le bambine non erano là.

Ma ormai non importava più.

L'aveva lasciata andare per non mettersi nei guai con qualche imprudenza. Le acque erano già abbastanza agitate. Stava aspettando i documenti falsi che gli sarebbero costati gli ultimi risparmi e gli servivano ancora un paio di giorni prima di cominciare la sua nuova vita.

Il destino della signora Cooper, però, ormai era segnato.

Doveva solo riflettere su quale fosse il modo giusto per non far nascere sospetti. No, non avrebbe cambiato i suoi piani, si ripropose, accendendo una sigaretta e aspirando la prima boccata a pieni polmoni.

Ma prima di andarsene si sarebbe liberato di lei.

Quella notte stessa.

CAPITOLO 51

Quattro ore di interrogatorio per scoprire che Tony Brennan aveva degli alibi di ferro per tutte e tre le occasioni in cui le bambine erano state rapite!

Brenda Graham si massaggiò le spalle indolenzite dalla tensione e resistette alla tentazione di imprecare.

Quel Brennan era un ragazzo fortunato. L'ombra del dubbio l'avrebbe perlomeno lasciato per qualche ora in prigione, ma gli alibi che aveva fornito erano stati facilmente controllati e non avevano lasciato spazio ai dubbi. Era un bastardo a cui piacevano i bambini, ma non aveva rapito April, Emily e Heather. E finché non avesse fatto qualche passo falso non avrebbero potuto metterlo in prigione per quel suo odioso "vizietto".

Così era la vita. Così era la legge.

Nonostante la delusione, forse era un bene che quegli alibi a prova di bomba lo avessero escluso subito dalle loro indagini, concluse Brenda. Non avevano tempo da perdere dietro false piste, considerando che le due bambine erano nelle mani di un pazzo.

Erano ancora vive?, non poté evitare di chiedersi.

Thomas, che l'aveva raggiunta in corridoio, le allungò una tazza di caffè.

«Non posso credere che sia stato solo un buco nell'acqua» gli disse.

«Succede.» Per quanto volesse minimizzare gli effetti di quella delusione, Burns aveva negli occhi il fastidio della sconfitta. Ma quello che più bruciava era ritrovarsi di nuovo a un punto morto delle indagini.

Brenda bevve in un sorso il caffè. «Ok, torniamo a The Vineyard. In questi casi, per andare avanti, non c'è altro modo che ripartire da zero e ripercorrere ogni piccolo passo dall'inizio. È chiaro che dev'esserci sfuggito qualcosa.»

Erano risaliti in macchina e avevano fatto un buon tratto di strada quando il cellulare di lui prese a squillare.

«Buonasera, signor Parker.» Quindi Thomas rimase in ascolto senza far altro che annuire. Ma lo sguardo che le rivolse fece capire a Brenda che quello che il padre di Emily gli stava dicendo l'avrebbe fatta saltare dalla sedia.

«Stiamo tornando a The Vineyard. Appena arriviamo facciamo subito un salto da lui.» E chiuse la comunicazione.

«Novità?»

«David Parker stava facendo delle ricerche su una cameriera che tanti anni fa ha lavorato a *Promises House*. La donna è morta, ma è rimasto suo figlio. L'investigatore che Parker aveva assunto gli ha appena fatto sapere che ora l'uomo usa il cognome della madre. Si tratta di un certo Frank Carson. Quello che è sembrato più strano a Parker è che Carson si è fatto assumere da lui di recente per qualche lavoretto saltuario di giardinaggio, senza fare alcun riferimento al fatto che la madre fosse stata per tanti anni al servizio della sua famiglia.»

«Cavolo! Cavolo! Cavolo!» non riuscì a trattenersi Brenda, battendo la mano sul volante. «Frank Carson era il nipote della vicina di casa di April Taylor. Era a

Springfield quando April è stata rapita...»

Come un riflesso condizionato, spinse con decisione il piede sull'acceleratore.

«Se c'è una cosa alla quale non ho mai creduto, sono le coincidenze» commentò lui. «E in questa storia di Frank Carson ce ne sono troppe.»

«Credo sia proprio il caso di andargli a fare una visita appena arriviamo a The Vineyard.»

Burns annuì con decisione. «Allerto subito la squadra. Parker mi ha detto che Carson vive in un vecchio cottage a Herring Creek.»

CAPITOLO 52

«Lo so che non dovevo fare una cosa tanto sciocca come andare in quel posto da sola. Domani ne parlerò a Brenda Graham e al tenente Burns. Saranno loro a decidere cosa è meglio fare.»

Nora rassicurò Steve, al telefono, e intanto accese il bollitore. Si sarebbe preparata una tisana rilassante, prima di andare dormire, perché era proprio ciò di cui aveva bisogno.

Poteva ostentare sicurezza e tranquillità con suo marito, per non farlo preoccupare, ma le sensazioni che la "casa delle farfalle" le aveva lasciato addosso non erano affatto piacevoli.

«Ci tornerò solo con loro, te lo prometto. Non voglio essere arrestata per violazione di proprietà privata» provò a scherzare. Quindi gli promise che lo avrebbe chiamato la mattina dopo, appena sveglia, e chiuse la conversazione.

Non era sicura di essere stata abbastanza convincente e forse davvero aveva fatto una stupidaggine, ma non poteva ignorare il fatto che qualche ora in più o in meno avrebbe potuto fare la differenza per salvare la vita di Heather e di Emily.

Non sapeva se Burns e Graham fossero già tornati da Springfield ed era anche piuttosto tardi, si rese conto controllando l'orologio. Li avrebbe chiamati l'indomani mattina per sapere come era andato l'interrogatorio del giovane sospettato e per dire loro della "casa delle farfalle".

Per quanto difficile da accettare, l'unica cosa che poteva fare a quel punto era andarsene a dormire. Decise di portare la tisana con sé, al piano di sopra, e dopo aver spento le luci si avviò verso le scale.

Fu allora che sentì quel rumore. Una specie di scricchiolio che sembrava provenire dalla cucina.

Dante era accanto a lei e per quanto si sforzasse, Nora non riuscì a ricordare se avesse chiuso a chiave la porta che dava sul retro del giardino. Si era alzato un vento forte. Forse quel rumore era dovuto a uno spiffero, o a chissà che altro.

Per quanto avrebbe dato qualsiasi cosa per non tornare indietro, si rese conto che non avrebbe potuto rimanere tutta la notte in preda a quel dubbio.

Tornò in cucina e accese la luce. La porta che si affacciava sul giardino posteriore era solo accostata e fluttuava al vento. Possibile che non l'avesse nemmeno chiusa bene?

Lasciò la tisana sul tavolo e si sbrigò a dare una mandata di chiave, sentendosi subito più tranquilla. Quindi riprese la tazza e tornò sui suoi passi, con la ferma intenzione di affidare al sonno tutte le ansie di quella giornata. Sulla soglia della cucina, prima di uscire, allungò il braccio per spegnere la luce, ma prima che raggiungesse l'interruttore una stretta forte la bloccò. Una mano premeva sulla bocca, per impedirle di urlare, e sentì il freddo di una lama e un dolore acuto poco sotto l'orecchio.

Comprese che qualcuno le aveva puntato un coltello al collo.

«Perché le piace tanto immischiarsi in affari che non la riguardano?»

La voce dell'uomo era cavernosa e la barba non fatta le pungeva sulla guancia. Non capì chi fosse e perché la stesse minacciando con un coltello. Si guardò disperatamente intorno in cerca di qualcosa che potesse aiutarla, se fosse riuscita a divincolarsi dalla presa.

Quando aveva finito di parlare con Steve, aveva lasciato il telefono sul tavolo, ma ora non c'era più.

«Adesso le lascio libera la bocca, ma se prova a urlare le taglio la gola.»

Nora sentì la presa che si spostava sul collo.

«Perché è venuta a casa mia stasera? Cosa cercava?»

E allora comprese. Quell'uomo era Frank Carson, il proprietario della "casa delle farfalle".

«Io... sono un'agente immobiliare. Dovevo visitare una proprietà lì vicino e mi sono persa...»

Frank aumentò la pressione del coltello.

«Non mi tratti da stupido, signora Cooper. L'ho sentita mentre chiamava le bambine.» Poi la spinse verso il tavolo.

Aveva poggiato a terra una bottiglia. La prese e versò un po' del contenuto in un bicchiere.

«Non bisognerebbe mai conservare gli antiparassitari per le piante dentro le bottiglie normali. Magari capita di dimenticarsene e di berne per sbaglio, come se fosse acqua.»

E Nora comprese che voleva avvelenarla, facendo in modo che sembrasse un incidente domestico, una sua sbadataggine.

«Le ha prese lei... le bambine...»

Apparve sorpreso che gli facesse quella domanda

mentre stava per morire. Ma il piacere di potersi vantare con qualcuno del suo gesto prese il sopravvento.

«Certo che le ho prese io. Io. Il povero Frank, signora. Quelle bambine mi hanno servito e riverito per settimane.»

«Dove le ha nascoste?»

«Sa, signora Cooper? Dovrebbe preoccuparsi un po' di più del fatto che sta per morire... Ma se le fa piacere, le posso assicurare che non le troveranno mai.»

Le allungò il bicchiere.

«E ora beva.»

Nora cercò di ritrarsi, mentre Carson le avvicinava il veleno alla bocca, ma il coltello puntato alla gola limitava i suoi movimenti.

«Le ho detto di bere!»

Infilò con forza il bordo del bicchiere tra le sue labbra.

Nora cercò di sputare fuori il liquido che le era finito in bocca, ma ci riuscì solo in parte.

Frank Carson la strattonò.

«Non renda le cose più difficili. Non sarà una morte indolore, ma le prometto che sarà veloce.»

Fu in quel momento che un pensiero folle attraversò la mente di Nora.

Quell'uomo stava per ucciderla ma era chiaro che voleva che sembrasse un incidente. Altrimenti si sarebbe liberato di lei quando si era accorto della sua presenza, alla "casa delle farfalle". Con facilità e senza testimoni.

Era chiaro che sapeva di non potersi permettere passi falsi.

Doveva solo avere abbastanza coraggio da tentare il tutto per tutto, si disse Nora.

Il poco liquido ingerito le bruciava già e sentiva la nausea salirle in gola. Se ne avesse bevuto ancora non avrebbe avuto scampo.

Adesso Carson stava avvicinando di nuovo il bicchiere con il veleno alla sua bocca e aveva leggermente allentato la stretta. Le avrebbe fatto male, ma morire sarebbe stato peggio. Nora chiuse gli occhi e si concentrò.

Ora!

Con uno scarto, proprio in direzione del coltello, riuscì a sfuggire alla stretta di Carson. Temette di svenire per il dolore e sentì il sangue che le scivolava sul collo. La lama le era entrata nella pelle e non sapeva quanto fosse grave la ferita, ma raccolse tutte le sue forze per scappare verso il salone.

Perlomeno, lo aveva colto di sorpresa.

«Che cosa sta cercando di fare?»

Il volto di Carson era trasfigurato dall'ira, ma non gli era sfuggito il senso del suo gesto.

«Bel tentativo, signora. Ammetto che con quella ferita sul collo, il veleno è inutile. Ma non penserà mica che la lasci andare?»

No che non lo pensava. Di certo, però, quel pazzo avrebbe dovuto elaborare un nuovo piano.

E a lei sarebbe bastato, come consolazione, che gli inquirenti avrebbero capito che non era morta per una sua distrazione?

No. No. Non doveva darsi per vinta.

Corse verso la porta d'ingresso, ma non riuscì ad aprirla in tempo per fuggire in giardino. Carson le era già addosso e brandiva ancora il coltello. Nora cercò di proteggersi dietro il divano. Scivolò. Scalciò verso il tavolino sul quale era poggiato il paralume e Carson se lo ritrovò all'improvviso tra i piedi. Inciampò e cadde pesantemente contro i ripiani di cristallo della vetrinetta lì accanto.

Nora arretrò ancora, ma la parete, dietro di lei, la bloccò.

Il suo aguzzino intanto si era rialzato. Il viso era una smorfia oscena di dolore. Nora si accorse che aveva un grosso frammento di vetro piantato sotto la spalla, ma era riuscito comunque a riprendere il coltello. Le sembrò che lo stringesse con meno forza, ma intanto si stava dirigendo verso di lei, costretta in un angolo tra il divano, la parete e la finestra che dava sul giardino.

Guardò in terra, cercò tra i frammenti di vetro e ne trovò uno più grande degli altri. Lo brandì tra le mani un attimo prima che Carson si scagliasse su di lei. Il grido di dolore fu un tutt'uno con il peso che le crollò addosso e la fece scivolare. Ma lei sapeva che il grido non era stato il suo.

Frank aveva, conficcato nel petto, il pezzo di vetro che lei aveva usato per difendersi. Era allo stremo, ma impugnava ancora il coltello e le si scagliò contro.

Nora serrò gli occhi, arresa, un attimo prima di sentire i due spari e il fragore della finestra in frantumi. Quando li riaprì vide Frank Carson a terra, in una posa innaturale.

Brenda Graham e Thomas Burns avevano ancora le pistole in mano. La aiutarono a rialzarsi e a sedersi sul divano.

«Come sta, signora Cooper?»

«Ho avuto giornate migliori di questa.»

Brenda le controllò la ferita sul collo.

«Non sembra molto grave, ma credo sia meglio che si faccia vedere da un medico.»

«Ho chiamato l'ambulanza» disse Thomas rimettendo in tasca il cellulare.

«È stato un bene che abbia perso il suo foulard a casa di Carson, Nora. Eravamo andati da lui per interrogarlo, ma quando abbiamo riconosciuto il foulard in giardino, ci siamo precipitati qui.»

Mentre parlava, Brenda continuava a osservare il suo

collega, che si era chinato sul corpo di Carson.

«Purtroppo non c'è niente da fare. È morto.»

Gli sguardi dei due investigatori si concentrarono su Nora, che non poté che confermare la loro preoccupazione.

«È stato lui a rapire le bambine.»

«E non è riuscita a sapere dove le ha nascoste?»

Nora fece lentamente segno di no con la testa.

Un "no" sconsolato e disperato.

«Ha detto solo che non le avremmo mai trovate.»

Un silenzio irreale calò nella stanza. Perché anche se Heather ed Emily erano vive, Frank Carson era morto e loro non avevano la minima idea di dove avrebbero potuto cercarle.

CAPITOLO 53

6 novembre

«Niente. Purtroppo nessuna traccia delle bambine.»

Nora si era appartata in un angolo del giardino della "casa delle farfalle" per contemplare le luci dell'alba. Si voltò verso Brenda Graham, che l'aveva raggiunta. L'impotenza e la sfiducia avevano ammantato di una coltre scura quel posto già sinistro.

«E ora?»

Sconsolata, l'agente federale allargò le braccia. «Non lo so.»

Le parole più difficili da ascoltare e da pronunciare. Minuscole, eppure devastanti.

All'interno dell'abitazione, gli investigatori erano ancora al lavoro, ma dopo le prime ore di ricerca febbrile quanto infruttuosa, su tutto dominava la paura.

Dov'erano finite le bambine?

Frank Carson era morto, portando con sé il suo segreto. E loro non avevano modo di sapere cosa ne avesse fatto. Avevano svuotato armadi e cassetti, senza trovare appunti, oggetti, indirizzi, biglietti dell'autobus, né chiamate sul cellulare... niente che fornisse il minimo indizio su dove le avesse nascoste.

219

«Sicura che non vuole andare in ospedale?» le domandò Brenda Graham.

Nora fece cenno di no. Aveva una vistosa medicazione sul collo e diversi lividi. Si era fatta visitare dal dottore, arrivato con l'ambulanza, e per il momento poteva bastare. Non era in perfetta forma, ma nemmeno in pericolo di vita. Né riusciva a preoccuparsi per la sua salute, quando il suo pensiero era tutto per Emily e per Heather. Con il grande rammarico che Carson fosse morto, portandosi via il suo segreto.

«Che altro possiamo fare?» chiese, e la domanda restò sospesa nell'aria.

Brenda Graham sollevò le spalle in segno di resa e Nora riconobbe in lei lo stesso disagio, lo stesso cruccio, la stessa sconsolata impotenza.

«Carson possedeva soltanto questa casa, aveva un paio di lavoretti saltuari e non frequentava molte persone. Difficile immaginare cosa possa aver fatto delle bambine.»

Nora ripercorse con la mente gli attimi agghiaccianti dell'aggressione e pensò che non si sarebbe liberata da quelle immagini per tanto tempo.

«Mi ha confessato di averle rapite lui e ha detto che non le avremmo mai trovate. Quindi non sono in un posto facile da identificare, ma non possiamo arrenderci.»

L'agente federale abbassò lo sguardo e sprofondò le mani nelle tasche. «È pazzesco essere arrivati così vicino alla verità e ritrovarci con le mani vuote.»

E Nora comprese. Frank Carson era un bastardo ma era difficile non pensare a quanto le cose sarebbero state diverse se non fosse morto.

«Non si poteva fare altro. Non ci ha lasciato alternative.»

Brenda Graham annuì senza troppa convinzione. «Torno dai miei colleghi. Per quanto sia l'ipotesi peggiore, alla quale nessuno di noi ha voglia di pensare, credo che a questo punto dobbiamo provare a scavare nella *Correllus State Forest*» aggiunse prima di allontanarsi di nuovo.

Nora non si rese nemmeno conto di quanto tempo impiegò per tornare a casa. Gli operai erano già al lavoro per riparare la vetrata del salone e sembrava che nel suo cottage fosse passato un ciclone.

Non aveva voglia di parlare, né di aggiustare o mettere in ordine.

Riempì di croccantini la ciotola di Dante e salì al piano di sopra. Si sarebbe rifugiata tra le quattro pareti della sua stanza e non avrebbe chiesto che di non esistere per un po'.

Avrebbe potuto fare qualcosa di diverso?

Non c'era modo di saperlo.

E in fondo la cosa più importante era anche l'unica che in quel momento non potevano avere: sapere dove erano le bambine.

Non era pronta al profumo che sentì, appena entrò nella stanza. L'essenza speziata di Caron che Joe usava...

Joe.

L'emozione la costrinse a sedersi sul letto.

Il filo non era spezzato.

Joe.

Avrebbe voluto dirgli che le era mancato, che anche se ora era sposata a un altro uomo questo non rendeva meno importanti gli anni che avevano condiviso prima di quella rapina in banca che aveva spazzato via tutto.

Le venne in mente la tecnica del *kintsugi*. I giapponesi la usavano per riparare con l'oro i vasi rotti e lei trovava potente l'idea di evidenziare con qualcosa di tanto prezioso i frammenti rimessi insieme.

Anch'io mi sento come uno di quei vasi, pensò Nora. *La*

stessa, eppure in qualche modo diversa. Ho messo oro intorno alle mie ferite, sopra le mie cicatrici, per non dimenticarmene. Per dare valore a ciò che mi ha permesso di essere quella che sono.

Ma comprese, per il solo fatto che Joe era lì, che lui sapeva.

Avrebbe voluto piangere. Di commozione, per quel profumo inconfondibile e inaspettato. Di dolore, perché non poteva fare niente per Emily e per Heather. Avrebbe voluto piangere per scaricare la tensione di quella terribile notte in cui aveva avuto tanta paura.

Joe era stato il suo primo ponte, la prima evidenza del suo "dono".

Nora spostò lo sguardo verso il settimino, come tante volte aveva fatto in passato, e le vide: le tessere dello Scarabeo, rimaste immobili per mesi, erano sparse sulla superficie di legno del mobile e alcune di quelle lettere erano unite.

Sapeva cosa voleva dire e si alzò per leggere il messaggio di Joe.

NEL SEGRETO LA RISPOSTA

Cosa voleva dirle con quelle parole?

Aveva messo da parte il silenzio per esserle ancora accanto e il motivo non poteva non riguardare la salvezza delle due bambine.

«Grazie» mormorò, sicura che Joe potesse sentirla.

Lo aveva ritrovato, il ciclo delle esistenze si ricomponeva.

Nel segreto la risposta.

Forse avrebbe impiegato del tempo per capire, ma ora sapeva che le bambine erano vive e ancora potevano fare qualcosa per salvarle.

CAPITOLO 54

Lo spasmo allo stomaco le ricordò – se mai ce ne fosse stato bisogno – che aveva fame e nemmeno si rendeva conto di quando fosse stata l'ultima volta che aveva messo qualcosa sotto i denti.

Da quanto tempo Frank non si faceva vedere?

Anche se detestava pulire e preparare la cena per lui, anche se temeva la sua rabbia, la porta delle scale che si apriva significava che avrebbe potuto avere un pezzo di pane secco o qualche avanzo.

Si sentiva tanto debole e anche i pensieri sembravano sfocati.

Emily ormai non apriva più gli occhi, né si lamentava. Il suo respiro era appena un soffio e nemmeno mandava giù tutto l'antibiotico che le dava.

L'unica cosa che riusciva a fare per lei era metterle la pezza bagnata sulla fronte bollente e inumidirle le labbra. Ma sapeva che non poteva bastare, perché Emily stava sempre peggio.

Dov'era andato Frank? Perché non si affacciava più nello scantinato?

Per quanto si fosse augurata un'infinità di volte che scomparisse dalle loro vite, finché erano rinchiuse là sotto la loro sopravvivenza era legata a lui.

Le pareti insonorizzate non facevano passare alcun rumore. Nemmeno sapeva se fosse rientrato, se fosse al piano di sopra, se avesse preso il furgone per andare al lavoro.

Avrebbe cambiato la pezza bagnata, che si era asciugata ancora, sulla fronte di Emily e poi avrebbe cercato di dormire e di dimenticare la fame che le strizzava lo stomaco.

Non poteva fare altro, non c'era altro da fare. Poteva solo aspettare che qualcosa succedesse.

Non avrebbe mai pensato che potesse accadere, ma prima di addormentarsi si augurò che Frank tornasse presto. Perché senza Frank nessun altro si sarebbe preso cura di loro.

CAPITOLO 55

9 novembre

Seduta alla sua scrivania, solo all'improvviso Nora si rese conto di aver finito di controllare le foto che doveva scegliere per il sito dell'agenzia e di non averne vista in realtà nessuna.

Avrebbe dovuto ricominciare tutto da capo, ma era difficile restare concentrata sul lavoro.

Era difficile accettare che la vita dovesse proseguire sui suoi binari, nonostante tutto.

Steve era partito quella mattina per tornare a Boston. Era tornato a casa, appena saputo dell'aggressione, ed era rimasto insieme a lei per tre giorni. L'aveva costretta a riposare e a prendersi cura di sé.

Tre giorni...

Tre giorni e ancora non sapevano niente di Emily e di Heather.

Dove si trovavano? Erano ancora vive?

Il messaggio che Joe le aveva lasciato le aveva suggerito che ancora lo fossero.

Ma, sole e senza risorse, per quanto tempo potevano farcela?

La polizia continuava a cercare e tutti stavano bene attenti a non mostrare il crollo progressivo delle speranze.

Per fortuna gli scavi nella *Correllus State Forest* non avevano portato alcun risultato.

Nel segreto la risposta.

Si era ripetuta all'infinito il messaggio di Joe, in cerca di una chiave di lettura. Inutilmente. Sapeva già che il posto dove erano nascoste le bambine era un segreto. Che cosa c'era in più, che non vedeva, in quella parola?

«Sono passata a fare la spesa per Theresa e ho pensato di portarti un paio di sandwich.»

Judith era appena entrata in agenzia e prima ancora che facesse in tempo a salutarla, la sua segretaria le aveva apparecchiato un piattino con i sandwich sulla scrivania e aveva messo su il caffè.

«Avevo dimenticato quanto fossi efficiente e premurosa» la salutò con un abbraccio. «Come sta Theresa?» le chiese poi.

Era una di quelle domande che a volte si fanno per esprimere una preoccupazione più che per avere una risposta che già si conosce. Perché purtroppo immaginava come potesse sentirsi la madre di Heather. La stessa cupa disperazione che aveva travolto anche David Parker, che ormai passava più tempo al Dipartimento di Polizia, in attesa di qualche notizia, che a casa sua.

Erano stati i tre giorni più lunghi e infiniti delle loro vite.

«Theresa è l'ombra di se stessa. Ormai non so più nemmeno cosa inventarmi per convincerla a mandare giù un boccone ogni tanto. E non riesce a dormire. Stamattina ha avuto un piccolo collasso e ho dovuto di nuovo chiamare il dottore. Non sapere dove sia sua figlia e pensare che – se è viva – ora non c'è nemmeno il suo carceriere a occuparsi di lei...»

Judith non riuscì a finire la frase. Nora le strinse la mano tra le sue.

«Mi ci sto spaccando la testa. Come tutti penso che avrei dovuto capire qualcosa di più, che dovrei fare qualcosa di più... Ma le ricerche su Frank Carson e sulle pochissime persone che frequentava non hanno portato gli investigatori da nessuna parte.»

«Come può, un uomo, fare cose tanto orribili?»

«Ha rapito Emily per una sorta di vendetta. Sua madre aveva perso il lavoro per colpa della famiglia Parker e lui si era dovuto sobbarcare il peso della povertà e della sua malattia. Ma riuscire nel suo intento e convincere gli investigatori che Emily era morta, l'ha fatto sentire potente. E così ci ha riprovato. Prima April, che aveva incontrato al funerale della vecchia zia, e poi Heather. Sembra che Carson l'avesse incrociata qualche volta a casa di Stephanie Dixon, dove lavorava come giardiniere. Ha potuto portare via Emily dall'ospedale perché era stato assunto per un brevissimo periodo come infermiere, quindi aveva ancora la divisa e l'ha usata per muoversi senza essere notato...»

«Povere bambine.» Judith le versò nella tazza il caffè appena fatto. «Ora torno da Theresa. Non mi sento tranquilla a lasciarla troppo a lungo da sola.»

«Portale un abbraccio da parte mia.»

Judith annuì e uscì dall'agenzia con le spalle basse. Nora non aveva mai conosciuto una donna con la sua energia, ma quella esperienza la stava fiaccando nel corpo e nello spirito. Faceva compagnia a Theresa Cummings anche quando, di notte, non riusciva a dormire; la incoraggiava e la consolava. Appena possibile, passava a casa a organizzare le giornate dei suoi ragazzi, che aveva affidato a un'altra amica.

E ha trovato anche il tempo di passare a portarmi dei sandwich, si disse poi scuotendo la testa.

Avrebbe voluto solo porre fine a quella tortura e

riuscire finalmente a vedere il sottile filo che, attraverso il labirinto contorto della mente di Frank Carson, li avrebbe portati nel posto in cui erano state nascoste le due bambine.

Non aveva parlato a Steve del messaggio di Joe, ma lo avrebbe fatto.

Per il momento aveva bisogno di assimilare il dono prezioso che Joe le aveva offerto: quello di esserci ancora e di aver accettato che la sua vita fosse andata avanti.

Per quanto non ne avesse molta voglia, addentò il sandwich che Judith le aveva portato. Fece in tempo a deglutire il primo boccone che il telefono prese a squillare.

«Agenzia Cooper» rispose.

«Buonasera, signora Cooper. Sono Christine Stone.»

La giovane pittrice che aveva deciso di vendere il cottage di West Tisbury.

«Buonasera, Christine. Come sta?»

«Mi scusi se la disturbo. Volevo dirle che sto per mandarle, via mail, la piantina della casa in modo che possa inserirla, insieme alle foto, sul sito dell'agenzia.»

«Perfetto. Stavo giusto inserendo le nuove proprietà nella pagina delle vendite.»

«Volevo anche avvisarla che ho segnalato con un asterisco il vecchio passaggio segreto che conduce in soffitta. Non so se gliene avevo già parlato quando ci siamo sentite, la settimana scorsa.»

«Un passaggio segreto? No. Non ne sapevo niente.»

Il cuore di Nora prese a battere più in fretta.

«Un paio di generazioni fa, i proprietari costruirono una sorta di intercapedine che porta a una stretta scala a chiocciola, la quale a sua volta conduce in una piccola soffitta. Un percorso scomodo. Ho pensato spesso di fare dei lavori, ma mi sono detta che in fondo una tale bizzarria ha il suo fascino.»

«Un tempo si usavano, è vero. Ha fatto bene a non modificarlo. Queste stravaganze hanno i loro estimatori.»

Nel segreto la risposta.

Poteva andare come spiegazione.

Christine Stone rise di cuore. «Magari piacerebbe a qualche marito fedifrago in cerca di un posto in cui nascondere la sua amante.»

«Io starei attenta a dare questo tipo di suggerimenti...» Nora si sforzò di mostrare una leggerezza che non aveva e salutò la sua cliente, felice di poter dare forma all'idea che si era prepotentemente affacciata nella sua mente.

Un passaggio segreto...

Nel segreto la risposta.

Afferrò il telefono e, mentre era già in piedi, compose il numero di Brenda Graham.

CAPITOLO 56

Il rumore delle mazze e dei picconi andava avanti da una buona mezz'ora e già scendevano le prime ore della sera. Nora si era sottratta alla nuvola di polvere che avvolgeva le stanze del cottage di Herring Creek e attendeva in giardino. Quel luogo era desolato come l'animo di Frank Carson, ma la vista sull'oceano era uno spettacolo.

Possibile che quella visione non avesse suggerito al proprietario di quella casa qualche pensiero positivo sulla meraviglia del creato e delle anime che vi erano ospitate? Possibile che non avesse ammorbidito la pietra che quell'uomo si portava sul cuore?

«Anche nei più vecchi documenti della proprietà non abbiamo trovato traccia di passaggi segreti...»

Brenda Graham l'aveva raggiunta in giardino e a Nora sembrò l'immagine di un film già visto. Solo tre giorni prima erano nello stesso posto, con lo stesso desiderio e le stesse aspettative.

I capelli e i vestiti dell'agente federale erano coperti da una patina di polvere, ma lei non sembrava interessarsene. Non era tipo da delegare ai colleghi il lavoro in prima fila.

«Mi sento in colpa. Spero di non avervi fatto perdere tempo» non riuscì a trattenersi dal commentare Nora.

«Smantellerei da cima a fondo la casa di quel bastardo anche due volte se ci fosse l'un per cento di possibilità di ritrovare le bambine... Sono già passati tre giorni dalla morte di Carson e non abbiamo più tanto tempo a disposizione. Penso che qualsiasi pista vada battuta.»

«E il tenente Burns?»

«Sta letteralmente smontando la casa insieme ai suoi uomini. Pezzo di intonaco per pezzo di intonaco, mattonella per mattonella... Se c'è qualcosa, la troverà.»

D'un tratto il rumore dei picconi si fermò. E il silenzio improvviso parve irreale. Nora scambiò uno sguardo con Brenda Graham e per pochi attimi tutto parve sospeso.

«Qui! Venite qui!»

Il grido di uno degli agenti interruppe quella finta quiete.

Le due donne scattarono insieme verso l'interno dell'abitazione.

Thomas Burns era davanti a una libreria semidivelta, che rivelava l'esistenza di una porta, alla cui serratura uno degli altri due agenti stava lavorando.

«Gli scaffali sembravano bloccati al muro, ma c'era un meccanismo nascosto che permetteva di spostare il mobile» spiegò il tenente.

Né grida di gioia, né trionfalismi. Perché nessuno di loro sapeva cosa avrebbero trovato oltre quel passaggio che nella loro prima visita non erano riusciti a trovare.

Nel segreto la risposta.

Il cuore di Nora era in tumulto.

Grazie Joe.

«Fatto.»

L'agente si rialzò e aprì la porta, di cui aveva appena sbloccato la serratura. Una zaffata di umidità e di odore di muffa li assalì. Nella luce fioca si intravedevano delle scale che portavano a un piano interrato.

Brenda Graham impugnò la pistola e si avventurò senza attendere. Thomas Burns la seguì a ruota, insieme agli altri.

Pochi minuti di assoluto silenzio e poi il loro invito: «Sono qui. Venite!».

Nora scese insieme agli agenti. Burns stava chiamando un'ambulanza.

Faticò un po' a distinguere i due fagotti nell'ombra, ammucchiati in un angolo, stretti l'uno all'altro.

Nora raggiunse Brenda Graham, china lì accanto, e sotto una logora coperta distinse due grandi occhi spauriti, che subito riconobbe dalle foto che aveva osservato a lungo, in quei giorni, sui giornali.

«Heather...»

La bambina la fissò con sguardo vitreo, senza rispondere. Era sporca, smunta e impaurita.

«Siamo della polizia, ti porteremo subito dalla tua mamma» la rassicurò l'agente federale.

Il viso di Heather si riempì di lacrime.

«Siamo salve?» balbettò. «Ci riporterete a casa? Emily sta tanto male.»

Brenda Graham la strinse tra le sue braccia.

Nora si spostò di pochi centimetri e si chinò sull'altro fagotto poggiato lì accanto. Faticò a riconoscere la figlia di Vanessa in quel corpicino abbandonato. Per fortuna respirava ancora, ma il battito del polso era quasi impercettibile.

Alzò gli occhi, disperata, e incontrò lo sguardo del tenente Burns.

«L'ambulanza sta arrivando.»

Anche se non sapeva se avrebbe potuto sentirla, Nora si chinò sull'orecchio di Emily.

«È tutto finito, piccola. Resisti ancora un po'. Ti stiamo portando via da qui. Sei al sicuro ora. Il tuo papà ti sta aspettando e non vede l'ora di riabbracciarti.»

Poi la strinse a sé – in attesa che l'ambulanza arrivasse – cercando di infonderle la sicurezza e il calore di cui aveva bisogno.

CAPITOLO 57

Una settimana dopo

I volti rosei e i sorrisi di Heather e di Emily scaldavano il cuore.

Emily aveva ancora il braccio costretto dalla flebo, ma la polmonite era regredita e stava molto meglio. Cominciava a mangiare da sola e quel giorno si era alzata per la prima volta.

Heather non aveva voluto saperne di essere ricoverata in una stanza diversa da quella della sua amica.

Nora, sulla porta, osservò Theresa Cummings e David Parker. Faticavano ancora a separarsi dalle loro bambine, ma erano rifioriti sotto l'influsso benefico della felicità.

Brenda Graham aveva aspettato che Emily e Heather fossero fuori pericolo e poi era tornata a Washington.

Nora aveva l'impressione che quella nuova separazione avesse lasciato un po' di malinconia nel tenente Burns, ma qualsiasi cosa fosse successa in passato tra quei due, la distanza sembrava ormai incolmabile.

La vita ci dà, e ci toglie.

Vedendola sulla porta, David Parker la raggiunse.

«Grazie per tutto quello che hai fatto per Emily.»

Non sapeva nemmeno quante altre volte l'avesse già

ringraziata. Era il suo modo di esprimere la gioia infinita di aver ritrovato sua figlia, dopo essere stato convinto di averla persa per sempre.

Un attimo dopo Parker abbassò il tono della voce.

«Stamattina Meg è passata a casa per riportarmi gli scatoloni di Emily.» L'uomo sembrava a disagio. «Sono stato uno stupido a pensare di riuscire a mettere il dolore fuori dalla porta.»

«Non hai bisogno di giustificarti, David. Quando tornerete a Los Angeles?» gli chiese.

«Ho trovato un nuovo finanziatore, ma ho deciso di rimandare l'inizio del nuovo film. Emily ha bisogno di tranquillità e ho pensato che passeremo il Natale qui a Martha's Vineyard. La cosa più importante, ora, è che lei dimentichi questo brutto incubo.»

«Organizzerò qualcosa da me, quando Heather ed Emily usciranno dall'ospedale. Ho una nipote che ha più o meno la loro età. Staranno bene, insieme.»

«E tu quando toglierai i punti?»

La medicazione sul collo era ancora ben visibile, ma il ricordo dell'aggressione di Carson e della paura provata per fortuna cominciava a sbiadire.

«Tra un paio di giorni.»

La telefonata di Steve le arrivò quando aveva già salutato David e Theresa ed era ormai a metà corridoio.

Era riuscita a parlargli del messaggio di Joe. Dopo tutti quei mesi di silenzio, l'uomo che per trent'anni era stato suo marito, prima che una rapina in banca glielo portasse via, era tornato a comunicare con lei grazie alle lettere del gioco dello Scarabeo, come aveva già fatto in passato. Ancora una volta l'aveva aiutata a salvare delle vite umane.

Era stato lui che, per non spezzare il filo che li teneva uniti, l'aveva aiutata a scoprire il suo *dono*.

Steve aveva capito. Niente era cambiato tra loro e si sentiva meglio per essere stata sincera con lui.

«Non so se sarai d'accordo, ma ho preso una decisione senza consultarti» esordì Steve.

«Spero che non sia niente di cui debba preoccuparmi.»

Ma il tono sereno di suo marito lasciava presagire che sarebbe stata contenta di quell'ammutinamento.

«Ho chiesto una settimana di ferie. Niente Dipartimento di polizia e niente Boston per sette giorni.»

Nora sorrise.

«Questo è un regalo così grande che vale per Natale e anche per il mio compleanno.»

«Sicura di non volere un pacchetto sotto l'albero?»

Le ansie e le paure si erano dissolte e tornava il tempo della serenità. Era una donna fortunata. Il destino le aveva riservato una seconda occasione: un uomo che la amava e che lei amava, insieme al *dono* che aveva imparato ad accogliere.

Nora spalancò la porta dell'ospedale, abbracciò l'aria fresca, il sole e l'esistenza che continuava a scorrere.

In fondo, come le aveva detto la sua amica Debbie, non c'era bisogno di un motivo per essere felici.

GIULIA BEYMAN

Giulia Beyman è nata a Roma, dove vive e lavora. Quando non è impegnata a uccidere qualcuno per la trama di un nuovo libro, ama passare il suo tempo in famiglia e con gli amici, occuparsi dei gatti che hanno deciso di farsi adottare da lei, praticare yoga e andare al cinema.

Per più di vent'anni ha lavorato come redattrice, giornalista free-lance e infine come sceneggiatrice per la televisione italiana.

Dal 2011 si dedica a tempo pieno alla sua attività preferita, che è quella di scrivere libri.

Nella serie dedicata a Nora Cooper, protagonista amatissima dai lettori, ha già pubblicato "Prima di dire addio", "Luce dei miei occhi", "La bambina con il vestito blu", "Cercando Amanda". Tutti bestseller della Rete.

I suoi libri sono stati tradotti in inglese e in tedesco.

Per la collana digital "YouFeel" di Rizzoli ha pubblicato il romance "Il cielo era pieno di stelle".

NELLA STESSA SERIE:

Prima di dire addio

Nora Cooper sta ancora cercando di superare il lutto per la recente morte del marito quando scopre che, prima di essere ucciso durante una rapina in banca, il suo Joe ha venduto il loro cottage di Martha's Vineyard senza dirle niente.

Appena il tempo di interrogarsi sul perché di quella menzogna, che un insolito messaggio si materializza senza alcuna possibile spiegazione attraverso le lettere del gioco dello Scarabeo.

Possibile che quelle parole arrivino dall'aldilà e che il suo Joe stia cercando di metterla in guardia contro un'assurda macchinazione...?

Comincia con questa inquietante domanda un viaggio alla ricerca della verità che metterà in pericolo la vita stessa di Nora e la condurrà alla soluzione di un terribile mistero.

Luce dei miei occhi

Susan, a Roma, ha da poco perso la vista in un incidente d'auto quando, nell'atmosfera festosa dell'imminente Natale, sua figlia Margot scompare nel nulla mentre sta giocando nel parco.

Nello stesso momento Nora, a Martha's Vineyard, fa strani sogni e ha insolite visioni che coinvolgono la sua amica Susan.

Insieme, Nora e Susan, anche se a migliaia di chilometri di distanza, cercheranno di salvare la piccola Margot prima che sia troppo tardi.

La bambina con il vestito blu

Kelly Scott, artista famosa per le sue sculture in rame, è decisa a riprendere in mano la sua vita dal punto in cui tanti anni prima si è spezzata. Per questo lascia New York per trasferirsi a Martha's Vineyard.

Senza conoscere il suo difficile passato, è Nora Cooper, con la sua agenzia immobiliare, a venderle la casa dei suoi sogni e dei suoi incubi. Perché non può bastare comprare di nuovo il cottage dove Kelly ha vissuto l'unico periodo felice della sua vita per dimenticare di essere stata *"la bambina con il vestito blu"*, ritratta da tutti i giornali mentre accompagnava in chiesa la bara di sua madre, assassinata in casa mentre lei dormiva.

Cosa ricorda Kelly di quella notte? E cosa continua a sfuggire alla sua memoria?

Dopo trent'anni i conti con il passato non sono ancora chiusi. E il ritorno di Kelly a Martha's Vineyard costringe l'assassino a entrare di nuovo in azione per proteggere una verità per tanto tempo rimasta nascosta.

Cercando Amanda

Amanda è giovane, bella e desiderosa di conoscere il mondo. Tre mesi in Kenya sono il regalo che si è concessa prima di andare a convivere con il suo fidanzato e di cominciare a lavorare per un importante studio legale di New York.

Ma quando arriva il momento di tornare a casa, niente è più come prima.

Mentre è alla guida della jeep noleggiata per raggiungere l'aeroporto, Amanda riflette su quanto le settimane appena trascorse in Africa l'abbiano segnata.

Ha un regalo per sua madre, nel sedile accanto al suo, tante esperienze da raccontare e nuovi progetti per il futuro.

Ancora non sa che dietro l'insistente lampeggiare di fari che all'improvviso la incalzano si nasconde un brusco cambiamento del suo destino.

Cosa è successo ad Amanda? Perché non è tornata a casa?

Sarà Nora Cooper a cercare di dare una risposta a queste domande e a portare alla luce un'inquietante verità.

Made in the USA
Middletown, DE
24 October 2018